Antonio Fusco

La stagione del fango

Inferno per il commissario Casabona

GIUNTI

Questa è un'opera di fantasia. Ogni riferimento a fatti accaduti e a persone esistenti o realmente esistite è puramente casuale.

www.giunti.it

Via Bolognese 165 – 50139 Firenze – Italia
Via G. B. Pirelli 30 – 20124 Milano – Italia

Prima edizione: settembre 2020

A Giovanni Luongo e Giorgio Di Vicino,
all'epoca amici, oggi anime elette.

PROLOGO

Credi che sia sufficiente partire per cambiare vita? Sei convinto che andartene in un'altra città, stare con gente nuova, imparare altre lingue possa fare di te una persona diversa? Ti illudi. Il passato è un'ombra che non ti abbandona mai. È un cane bastardo e fedele che segue ogni tuo passo. Ti riporta indietro quando ti perdi. Perché tutti abbiamo bisogno di un posto dove tornare. Per morire o per ricominciare.

NAPOLI

1

Napoli, ristorante sulla collina di Posillipo

Napoli, vista da lassù, sembrava una tela del Caravaggio. Notte senza luna, nera come l'anima di un peccatore impenitente. Fulmini improvvisi che fendevano il buio. Imprevedibili squarci di luce. Il mare. Ombre sul mare, riflessi dal mare, sagome indefinite nel mare. Gocce di pioggia che scorrevano sul vetro. Lacrime sul mio volto riflesso.

Napoli, quella sera, era un assassino in agguato. Una vecchia puttana che vuole succhiarti l'anima e farti uomo. Incuteva timore e, come tutte le cose che fanno paura, affascinava.

Napoli era bellissima, più del mio ricordo di amante deluso. Facevo fatica ad ammetterlo, ma era l'unico posto dove riuscivo a sentirmi veramente a casa.

A tratti si intravedevano i vicoli, ferite aperte tra file di palazzi incastrati tra loro. Lì ero stato niente, insieme a tanti altri. Poi la vita ci aveva voluti guardie e ladri. Carnefici e vittime. Carogne e galantuomini.

Ogni volta che torno cerco di capire perché mi sono trovato da una parte piuttosto che dall'altra, e non riesco mai a trovare una risposta convincente.

Forse è per questo che non sono capace di odiare il mio nemico dopo averlo sconfitto. Siamo la stessa cosa, ma figli di un'opportunità diversa.

LA STAGIONE DEL FANGO

2

Vennero alle sei del mattino. All'inizio credetti di sognare. Ci vollero tre o quattro squilli e qualche pugno sulla porta per convincermi che stava accadendo davvero.

Sentivo Snaus abbaiare dal suo recinto in giardino. Aprii gli occhi e mi misi a sedere sul letto. Muovevo i piedi in cerca delle pantofole, ma non accesi la luce, rimasi in attesa. Speravo ancora di essermi sbagliato. Ero in ferie da una decina di giorni. Ormai, il mio ritmo sonno-veglia si regolava in base a forme di ancestrale anarchia. Avevo avuto una notte travagliata, come mi capitava spesso negli ultimi tempi. Da quando ero rimasto solo facevo sempre più fatica ad addormentarmi. I ricordi, le aspettative deluse, i rimpianti mi ronzavano nella testa come api intorno all'alveare, allora bevevo qualcosa per stordirmi un po'. A volte piangevo per la malinconia, altre volte imprecavo per la rabbia. Verso le due, le tre, il sonno, mosso a pietà, arrivava.

Dopo qualche secondo, il campanello suonò ancora. Mi si gelò il sangue nelle vene. Non può esserci nulla di buono se ti cercano alle sei del mattino. È un dato di fatto che non potevo ignorare.

La prima cosa che pensai fu che qualcuno fosse venuto a

portarmi una cattiva notizia. In quel momento non ebbi dubbi: nessuno si scomoda a quell'ora per condividere qualcosa di piacevole. Il bene non è mai urgente, può aspettare. Perciò, nel mio cervello si attivò una specie di *check list*, che altro non era se non l'ordine di priorità dei miei affetti, la lista inconfessabile delle mie paure. Pensai a Chiara, che viveva a Milano con il suo fidanzato, ad Alessandro, che si trovava ancora in Africa nella missione di don Angelo, a Francesca, che era uscita da qualche mese dalla mia vita ma, evidentemente, non ancora dalla mia testa.

Ora aprirò la porta – mi dissi – e qualcuno mi informerà che uno di loro ha avuto un incidente, che è grave e che è meglio raggiungerlo al più presto in ospedale. Non mi diranno subito che è morto, per darmi il tempo di ambientarmi in quella dimensione tragica.

Sentivo gli occhi bagnarsi di lacrime. Mi alzai, passai dalla camera al corridoio e mi avvicinai alla porta. Cercai di darmi un tono, ma nel tragitto mi resi conto che non era un'impresa facile. Avevo i capelli arruffati e dalla mia bocca usciva un tanfo simile a quello di un topo morto affogato in un barile di rhum.

Chiunque ci sia ad aspettarmi – pensai –, dopo che avrò detto qualche parola si pentirà di essere venuto a svegliarmi.

Quel pensiero e la tensione mi procurarono una smorfia sul volto simile a un sorriso. Solo perché ne avevo bisogno. Questo mi aiutò a considerare anche altre ipotesi alle quali non avevo pensato: "potrebbero aver sbagliato indirizzo", "forse è Snaus che è scappata e me la vogliono riconsegnare", "saranno i vicini che hanno bisogno d'aiuto".

Diedi un'occhiata dallo spioncino e vidi il viso smunto e

occhialuto di Mauro Crisanti, il collega che dirigeva la Criminalpol di Firenze. Appena dietro di lui c'era l'ispettore Fabio Proietti, il mio vice. Poi, a seguire nel vialetto pedonale di accesso alla casa, altri sei o sette uomini che non conoscevo, fatta eccezione per il sovrintendente Stefano Bini e l'assistente Franco Giordano, al secolo *Ciondolo*, che lavoravano con me.

Aprii la porta, senza ricordarmi nemmeno per un attimo di tutte le volte che dall'altra parte c'ero stato io. Quando sei preda ragioni da preda, c'è poco da fare. È un fatto di ruoli e di parti nella commedia. Mi trovavo dal lato sbagliato del muro quella volta. In quel momento non ero il commissario lucido e brillante che aveva avuto tutto il tempo per prepararsi prima di uscire di casa, aveva già bevuto un paio di caffè e pianificato l'azione con i suoi uomini. Ero solo un cinquantenne in mutande e ciabatte che cercava di capire quale altro regalo la vita gli avesse riservato quella notte.

Mi rivolsi a Fabio: «Che succede?» gli chiesi. Lui non disse nulla. Rispose Crisanti alla mia domanda, con il tono distaccato e professionale di chi voleva ostentare distanza: «Dobbiamo eseguire una perquisizione a tuo carico, Tommaso. Non si tratta di una nostra iniziativa, ci è stata delegata dall'autorità giudiziaria di Firenze. Sai com'è in questi casi? Una formalità.»

Ancora una volta mi venne naturale rivolgermi a Proietti, come se Crisanti fosse stato trasparente. Gli feci la stessa domanda: «Che sta succedendo, Fabio?».

«Non ne so nulla, capo. Il questore mi ha avvisato un'ora fa e mi ha detto solo che avrei dovuto accompagnare il personale di Firenze a casa sua per una questione della massima riservatezza. Mi dispiace.»

Non mi fu molto d'aiuto, ma il fatto importante era che mi aveva chiamato "capo". La cosa mi rincuorò perché mi fece pensare che, qualsiasi cosa stesse accadendo, non ero solo contro tutti, i miei stavano ancora dalla mia parte.

«Gli altri chi sono? Sono tutti tuoi?» domandai a Crisanti.

«Sì.»

Solo in quel momento notai che due di loro avevano la pistola in pugno affiancata alla coscia.

«Digli di mettere a posto le armi. Non ce n'è bisogno.»

Il collega si girò verso di loro e con un cenno della testa impartì l'ordine. Poi mi chiese di aprire il cancello per far entrare nell'aia le tre macchine che erano rimaste in strada mentre loro erano passati dal cancelletto pedonale. Lo assecondai.

Li feci entrare. Mentre mi sfilavano davanti, esclamai ad alta voce: «Occhio che ho un sistema di videosorveglianza anche dentro casa».

Non era vero, ma non potevano esserne certi. Quindi, nel dubbio, avrebbero fatto le cose per bene. Almeno lo speravo. Non avevo paura che mi portassero via qualcosa, non avevo oggetti di particolare valore in casa. Il mio timore era che facessero finta di trovare prove portate da fuori. Che giocassero sporco, insomma.

Crisanti restò con me nel salone per notificarmi il decreto di perquisizione, gli altri si avviarono nelle stanze della casa.

Anche l'ispettore Proietti, Bini e *Ciondolo* si fermarono con me e Crisanti. Lo fecero per una forma di rispetto che traspariva dal loro imbarazzo. Una perquisizione, soprattutto quella domiciliare, ti fa entrare nell'intimità di una persona, e scoprire cose che, se si tratta di una persona cara, preferiresti non vedere per pudore.

Crisanti indossava un abito blu segnato da un'orribile cravatta gialla. Il suo abbigliamento operativo non era per nulla diverso da quello d'ufficio. Lo stile era sempre lo stesso, quello del ministeriale rampante in carriera, pensai. Appoggiò due copie del decreto sul tavolo e mi porse la penna. Erano sistemate in modo che fosse visibile solo l'ultima pagina, dove era stato apposto il timbro della relata di notifica. Mentre le girava, però, feci in tempo a leggere, dal capo d'imputazione riportato all'inizio del provvedimento, uno degli articoli del codice penale che mi venivano contestati. Era il 575: omicidio.

Il mio cuore smise di battere per qualche secondo. Mi sentivo come se stessi camminando su una corda tesa sull'abisso. Vinta la tentazione di lasciarmi cadere giù, d'improvviso ritrovai lucidità e concentrazione. La questione era molto seria. Qualcuno voleva fottermi, ma io non avevo nessuna intenzione di assecondarlo nell'impresa. C'era un'immagine che mi accompagnava sempre in momenti come quelli: un cavaliere che abbassa la visiera dell'elmo poco prima della battaglia. Esattamente ciò che feci io. Che la guerra abbia inizio, pensai. L'adrenalina aveva già irrorato ogni parte del mio corpo. Ero pronto.

Firmai, sforzandomi di non lasciar trasparire quel vortice di emozioni che mi aveva attraversato, e lasciai tutto sul tavolo. Mi disinteressai completamente di quei fogli di carta.

Crisanti notò il mio comportamento e intuì che c'era qualcosa di strano in me.

«Non leggi il provvedimento, Tommaso?»

«Mi fido» dissi, ostentando sicurezza mista a rassegnazione. Poi aggiunsi: «Io ho la coscienza a posto, perciò sono sereno. Dopo che avrete capito di aver preso un abbaglio, leggeremo le carte e faremo i conti. Insieme a me, le leggeranno anche i miei avvocati e allora ci sarà da divertirsi. Spero che tu abbia una buona assicurazione, caro collega».

Lui stava per rispondere ma non gliene diedi il tempo: «Mentre fate le vostre ricerche, posso vestirmi e darmi una ripulita? Oppure vuoi continuare a umiliarmi davanti a tutti?».

Senza aspettare la risposta mi avviai verso la camera da letto.

Crisanti mi seguì: «Non chiuderti dentro, però».

«Hai paura che scappi? Dopo tanti anni di mestiere dovresti aver imparato a riconoscere uno che vuole scappare da uno che vuole solo preservare un minimo di dignità.»

Lasciai la porta socchiusa, quel tanto che bastava a proteggere la vista della finestra che dava sul giardino. Indossai un paio di jeans, un maglione blu, le sneakers e un giubbotto. Tutta roba che tenevo buttata alla rinfusa un po' per terra e un po' su una sedia vicino al letto. Dopo aver preso portafoglio, pistola, telefonino e chiavi dal comodino, mi calai dalla finestra del primo piano. Raggiunsi la mia macchina parcheggiata nel cortile e me ne andai chiudendo con il telecomando il cancello alle mie spalle.

Crisanti aveva fatto un errore che, al suo posto, avrei fatto anche io. Per tenermi buono e per non rischiare reazioni dagli esiti imprevedibili, visto che ero armato, mi aveva parlato di una semplice perquisizione facendola passare per una formalità. Questo gli avrebbe dato il tempo di entrare e prendere il controllo della situazione, almeno fino a quando io non avessi letto il capo d'imputazione. A quel punto, scoprendo che ero indagato per omicidio, avrei capito che mi avrebbero arrestato. Allora lui mi avrebbe notificato l'ordinanza di custodia cautelare o il decreto di fermo, che sicuramente aveva con sé, mettendomi le manette.

Da quel momento in poi, una mia eventuale fuga sarebbe stata considerata un'evasione. Un reato di cui avrei dovuto rispondere anche se fossi riuscito a dimostrare la mia innocenza rispetto all'omicidio di cui venivo accusato.

Perciò, in quei pochi attimi, mentre firmavo la notifica, presi la decisione giusta: scappare prima.

Così non sarei stato una persona che si è sottratta alla cattura, ma solo uno che se n'è andato durante una perquisizione. Da uomo libero avrei potuto capire da dove proveniva quello tsunami di merda che mi aveva investito e mi sarei potuto difendere meglio.

3

Passata la prima curva, trovai una magnifica alba ad aspettarmi sulla strada che da casa mia porta verso Valdenza. I raggi del sole erano lame di ghiaccio che tagliavano i rami spogli dei faggi, inondando di luce senza calore un dicembre freddo come non se ne vedevano da anni.

Inforcai i Ray-Ban che tenevo nel cruscotto e diedi un'occhiata allo specchietto retrovisore. Nessuno mi aveva seguito. Probabilmente stavano ancora cercando di aprire il cancello elettrico per uscire con le macchine. Per un attimo pensai a quelle scene nei film americani dove, per risolvere una situazione del genere, c'è sempre il temerario che parte a tutta velocità sfasciando tutto ciò che trova sulla sua strada. Che cazzata! Mi venne da ridere immaginando Crisanti accartocciato con la sua auto tra le inferriate del cancello, così decisi di chiamarlo.

«Mauro, non penserai mica di lanciarti con la macchina sul cancello di casa mia? Guarda che ti toccherà pagarlo se lo rompi. L'interruttore per l'apertura è vicino al citofono.»

«Dove cazzo sei, Tommaso? Stai facendo una stronzata. Così peggiori solo la tua situazione. Torna qui.»

«Ora non posso. Mi sono ricordato che stamattina avevo un impegno molto importante. Quando avete finito, chiudi tutto.

Anzi, visto che ci sei, fammi un favore, dai anche da mangiare al cane.»

Attaccai senza dargli il tempo di dire altro e spensi il cellulare. Probabilmente l'avevano già intercettato, da quel momento non era più il caso di usarlo.

Mi diressi a tutta velocità nel luogo dove Crisanti non avrebbe mai pensato di cercarmi: la questura.

Non lo feci per un senso di sfida verso di lui. Dovevo assolutamente anticipare la perquisizione che, sicuramente, ci sarebbe stata anche nel mio ufficio. Dovevo far sparire alcune cose che tenevo nella celletta di sicurezza e che mi avrebbero potuto creare ulteriori problemi se fossero state ritrovate. Niente di che, oggetti che si tengono in buona fede pensando che mai nessuno andrà a ficcare il naso in un posto del genere: qualche cartuccia in più tenuta da parte per ogni evenienza, un telefono cellulare rinvenuto durante un'operazione e non sequestrato, quindi non riconducibile alla mia persona, un po' di denaro in contanti, una carta d'identità smarrita e mai riconsegnata al legittimo titolare. Insomma, tutte cose astrattamente di natura illecita ma molto utili in situazioni come quella che si era venuta a creare.

Giunsi in questura che erano da poco passate le sette. Il piantone si sorprese nel vedermi arrivare così presto. Si alzò di scatto in segno di rispetto cercando, nel contempo, di sistemarsi la giacca che aveva un paio di bottoni slacciati. In quel momento la regolarità del suo assetto formale era l'ultima cosa che mi interessava, quindi lo salutai con un gesto della mano e tirai dritto.

Era il momento del cambio dei turnisti della sala operativa e delle volanti. Quelli che avevano fatto la notte smontavano e se ne andavano a dormire, sostituiti da quelli della mattina. Cercai di non farmi notare dal gruppo che stava spostando il materiale da un'auto di servizio all'altra.

Nelle stanze della Mobile non c'era nessuno. Sapevo che non mi sarei potuto trattenere a lungo, perciò mi misi subito all'opera.

Presi il denaro, il cellulare con il caricabatteria e la carta d'identità dalla cassetta di sicurezza. Andai nel mio ufficio. Staccai la foto dal documento e la sostituii con una delle mie che mi era avanzata l'ultima volta che avevo rinnovato il passaporto. Per coprire i timbri del comune usai quello della questura. Così facendo, in pochi minuti, mi ero costruito un'altra identità. Mi chiamavo Alfonso Ruta ed ero anche ringiovanito di qualche anno, visto che il legittimo titolare del documento ne aveva quarantacinque. Certo, non avrei potuto usarlo per farmi identificare dal personale delle forze dell'ordine, si trattava di un falso grossolano, ma sarebbe stato utile in tutte quelle situazioni nella quali il documento viene richiesto solo per un fatto di forma, senza che venga realmente controllato. Per esempio: per attivare una sim telefonica, per noleggiare un'auto o per prendere una camera d'albergo.

Sistemai tutto in tasca. Accesi il computer e feci una ricerca su me stesso negli archivi di polizia. L'esito fu negativo. Non avevano ancora inserito provvedimenti a mio carico. Era ancora troppo presto, c'era da aspettarselo. Diedi un'occhiata alla posta elettronica, ma anche lì non trovai nulla.

Mentre stavo chiudendo a chiave la porta del mio ufficio per andare via, sentii la voce della sovrintendente Michela Paolozzi, l'addetta alla segreteria e alla gestione del personale. Aveva l'abitudine di arrivare un po' prima degli altri per preparare il mattinale da inviare al questore, con l'elenco delle attività più importanti compiute il giorno prima.

Mi sorprese alle spalle.

«Buongiorno dottore. Che ci fa, a quest'ora, in ufficio?» Dopo qualche istante aggiunse: «Ma lei non è in ferie?».

«Sono di passaggio. Dovevo prendere delle cose» risposi. Poi provai a sondare il terreno per capire se sapesse qualcosa di ciò che mi stava capitando: «Novità, Michela?» chiesi genericamente.

«No, nessuna novità particolare. Facendo i dovuti scongiuri, per quest'anno si prospetta un Natale abbastanza tranquillo. A proposito, noi ci vediamo per gli auguri, giusto? Lei rientra tra qualche giorno?»

Quest'ultima domanda fu la prova che non sapeva nulla.

«Certo, Michela. Ci vedremo prima di Natale per gli auguri con tutto il personale. Ora scappo ché si è fatto tardi.»

Mi avviai verso le scale per andar via.

«Ah dottore, dimenticavo: ha saputo chi hanno trovato morto?»

Mi fermai di scatto girandomi verso di lei.

«Chi hanno trovato morto?»

«Romoli. Marco Romoli.»

Notò che ero rimasto impietrito e pensò che avessi difficoltà a inquadrare il soggetto. Così continuò: «Ma sì che lo conosce... il dottor Marco Romoli, l'oncologo che ha curato sua moglie».

Forse stava per dire: "Quello di cui lei si è innamorata e per il quale l'ha lasciata". Si fermò in tempo, anche perché si rese conto che avevo capito.

«Sì, Michela. Ce l'ho ben presente. Cosa gli è successo?»

«Gli hanno sparato. Hanno trovato il cadavere in un bosco nel Mugello. Se ne sta occupando la Criminalpol di Firenze. A noi non è arrivata ancora nessuna comunicazione ufficiale. Me lo ha detto ieri sera uno dell'equipaggio della volante che è intervenuta sul posto. L'ho incontrato a una cena tra colleghi di corso.»

Mentre parlava si era avvicinata. Mi guardò. «Tutto bene, dottore? È pallido come un lenzuolo appena lavato.»

«Tutto bene. Michela. Tutto bene, non ti preoccupare. Ora vado, però, altrimenti faccio tardi.»

4

Di fronte a una verità evidente rimango sempre dubbioso. È più forte di me. Non è che la respinga a priori, la metto per un attimo da parte e mi avventuro alla ricerca di una diversa, possibile spiegazione. I filosofi la chiamano *dimostrazione per assurdo*, per me è solo una naturale diffidenza verso soluzioni troppo facili da raggiungere. In quel caso, però, c'era poco da girarci intorno: se ammazzano l'uomo che si è portato via la donna della tua vita e si presenta la polizia con un'accusa di omicidio a tuo carico, le due cose non possono non essere collegate tra loro.

Perciò, mentre mi affrettavo a uscire dalla questura prima che arrivassero tutti gli altri, giunsi alla conclusione che ero accusato di essere l'assassino di Marco Romoli e che gli indizi a mio carico dovevano essere anche di una certa consistenza per giustificare la perquisizione che c'era appena stata.

Questa constatazione non fece altro che aumentare il mio stato di prostrazione. Durante il tragitto da casa mia alla questura, mi ero convinto di essere vittima di chissà quale diabolico intrigo, organizzato da oscuri poteri per difendere degli interessi illeciti che qualche mia indagine aveva messo in pericolo. Invece, ero sospettato di un banale delitto passionale.

Il classico schema: lui, lei e l'altro. A Napoli, direbbero: "isso, essa e o' malamente", l'immancabile trio di ogni sceneggiata. Si aggiungeva vergogna alla vergogna.

Decisi di lasciare la macchina nel parcheggio riservato alle forze dell'ordine. Non sarei arrivato lontano muovendomi con quella. A breve sarebbero state diramate le ricerche della targa e del modello su tutto il territorio nazionale. Inoltre, il sovrintendente Paolozzi mi aveva detto che il cadavere di Marco Romoli era stato rinvenuto nei boschi del Mugello. Visto che la vittima faceva il medico e non il boscaiolo, molto probabilmente non era stato ucciso sul posto ma ci era arrivato già morto, oppure qualcuno ce lo aveva accompagnato da vivo per poi ammazzarlo. Quindi, chi mi riteneva l'assassino doveva avere anche pensato che ero stato io a portarlo lì e che nella mia auto si potessero trovare tracce genetiche del suo passaggio. Mi conveniva lasciargliela a disposizione in modo che effettuassero tutti gli accertamenti del caso. Poteva essere una carta a mio favore, pensai, mentre mi dirigevo a piedi verso la stazione ferroviaria, visto che Romoli, nella mia macchina, non c'era mai entrato. Almeno per quello che ne sapevo io.

Arrivai alla stazione benedicendo il fatto che gran parte delle telecamere di videosorveglianza di Valdenza non funzionassero. Quando per un motivo, quando per un altro, erano in un perenne stato di manutenzione. Mi pentii per tutte le volte che me l'ero presa con i responsabili del Comune per questa inefficienza: quel giorno li avrei abbracciati uno a uno.

Accesi il cellulare e lo resettai, riportandolo allo stato di fabbrica. In tal modo cancellai definitivamente tutto ciò che c'era dentro e che era riconducibile alla mia persona. Poi disattivai la suoneria e la vibrazione rendendolo del tutto silenzioso, così nessuno lo avrebbe notato, anche nel caso in cui mi avessero chiamato.

Sul tabellone degli orari lessi che stava arrivando il Frecciarossa proveniente da Roma e diretto a Milano. Appena si fermò nella stazione, salii sul treno e nascosi il telefono dietro uno degli estintori collocati negli spazi tra un vagone e l'altro.

Scesi dal convoglio prima che partisse e me la presi con le menti sottili che mi avevano incastrato. Giurai a me stesso che avrebbero avuto la giusta punizione per ciò che mi stava accadendo e che nel conto ci sarebbe stato anche quel cellulare che avevo comprato a rate da qualche mese e non avevo ancora finito di pagare.

Il Frecciarossa lasciò lentamente la stazione e, con esso, anche la mia identità digitale si mosse in direzione Milano.

Nel giro di qualche minuto, un agente seduto davanti al monitor di un computer nella sala ascolto della Criminalpol di Firenze si sarebbe accorto che il mio target si muoveva sulla mappa in corrispondenza del percorso dei binari ferroviari. Dopo essersi informato sul treno compatibile con quella tratta ferroviaria, in base agli orari dei passaggi, avrebbe chiamato il suo capo per avvisarlo. Questi, a sua volta, avrebbe subito chiesto al suo collega della squadra mobile di Milano di inviare qualcuno ad attendermi. Ma non mi avrebbero trovato. E non avrebbero trovato nemmeno il mio cellulare, perché lo avevo programmato per spegnersi alle dieci, cioè circa un'ora prima dell'arrivo in quella stazione. Ciò nonostante, pur non avendone l'assoluta certezza, Crisanti non poteva far altro che indirizzare le ricerche in quella zona, allentando la presa su Valdenza. Tutto ciò avrebbe creato una fase di disorientamento che mi avrebbe dato un po' di respiro.

Nella partita appena iniziata, io ero la preda e lui il cacciatore, ma avevo il vantaggio di conoscere bene tutte le armi a disposizione del mio avversario e le tecniche che avrebbe utilizzato. Questo mi poneva in una posizione di indubbio vantaggio.

A quel punto avevo solo un disperato bisogno di informazioni. Per ottenerle mi sarei dovuto appoggiare necessariamente a qualcuno, ma qui nasceva il primo grosso problema: di chi potevo fidarmi? Chi sarebbe stato disposto a rischiare tutto per aiutare un assassino che si dichiarava innocente come la maggior parte degli assassini?

Ai tempi dell'università a Napoli, avevo conosciuto un giovane palestinese che studiava ingegneria in Italia. Diventammo amici e ne approfittai per apprendere meglio la loro cultura e imparare le loro usanze. Una sera mi raccontò che nel suo paese si dice che per essere certo dell'amicizia di una persona ti devi presentare a casa sua, di notte, con un coltello insanguinato in mano, dirgli che hai ucciso un uomo e che hai bisogno di un posto dove nasconderti.

Era proprio quello che mi apprestavo a fare. Dovevo solo decidere a quale porta bussare.

5

Dopo aver concluso la perquisizione nella colonica sulle colline di Valdenza dove abitava Casabona, il gruppo investigativo al comando del commissario Mauro Crisanti se ne tornò in questura.

Durante il tragitto non si dissero niente. Nessun commento, nessuna considerazione sui motivi del fallimento dell'operazione, ma l'umore era nero come una notte senza luna. Non avevano trovato nulla di interessante e l'indagato, che avrebbero dovuto arrestare, era pure scappato. Peggio di così non sarebbe potuta andare.

Quel silenzio non era che il preludio della tempesta che stava per scoppiare. Le facce erano tese e istintivamente si erano formati due gruppi, in base all'ufficio di provenienza. C'erano quelli della Criminalpol di Firenze e quelli della Mobile di Valdenza, gli uomini di Casabona.

Si ritrovarono tutti nell'ufficio dell'ispettore Proietti.

«Questi coglioni lo hanno lasciato andare via di proposito» biascicò il più giovane della Criminalpol a un suo collega anziano in un angolo della stanza. Lo fece a voce bassa e a mezza bocca, ma ciò bastò. Fu la scintilla che diede fuoco alle polveri facendo deflagrare la tensione che si era accumulata fino a quel momento.

Ciondolo *se ne accorse e si lanciò immediatamente nella rissa a modo suo. Non poteva certo lasciarsi scappare un'occasione così ghiotta.*

Gli andò incontro. «Oh, testina di cazzo che puzzi di latte e hai ancora le valigie alla stazione, come ti permetti? Coglione lo dici a tuo padre, che se fosse stato uno a modo si sarebbe fatto una sega invece di mettere al mondo un imbecille come te.»

L'anziano, che era originario di Roma, si parò a difesa del collega. «'A secco, non t'infiammare. Il collega ha detto solo quello che pensiamo tutti.» Si guardò intorno in cerca di approvazione da parte dei colleghi di Firenze, ma quelli preferirono restarne fuori, almeno per il momento.

Gli rispose il sovrintendente Bini, il quale, pur essendo toscano da generazioni, aveva lavorato per un periodo a Roma e conosceva lo slang. «Ciccio» esordì, facendo riferimento al fisico fuori forma del suo interlocutore, «tu e i tuoi amichetti raccomandati sai che dovete fare?» Non attese la risposta: «Ci dovete solo puppare la fava. Pulitevi la bocca quando parlate della Mobile di Valdenza».

I due stavano per venire a contatto quando si intromise fisicamente il commissario Crisanti.

«Ora basta!!!» urlò in direzione di Bini e Ciondolo.

«Se la prende solo con noi adesso?» provò a ribattere il sovrintendente Bini.

«Stia zitto. Non una parola di più, altrimenti sarò costretto a procedere disciplinarmente nei suoi confronti» lo minacciò per tutta risposta.

«Andiamo bene, l'arbitro si è venduto alla squadra avversaria» commentò Ciondolo.

Crisanti si girò verso di lui. «Che cosa ha detto, ispettore?»

«Non sono ispettore, dottore. Sono un assistente capo. Un

assistente capo anziano» specificò. «Ho detto che hanno iniziato loro a offenderci e mettere in dubbio la nostra correttezza e lei se la prende con noi?»

Il commissario colse al volo la sottolineatura di Ciondolo. Crisanti non era una cima come investigatore, ma conosceva bene la regola non scritta secondo la quale non bisogna mai mettere alle strette un assistente capo anziano. In genere si tratta di personale che non ha più nulla da chiedere alla carriera e ha già maturato l'anzianità per la pensione, quindi si trova nella posizione di chi non ha niente da perdere e, messo alle strette, può togliersi lo sfizio di mandare a quel paese anche il capo della polizia. Quindi, dimostrando di essere almeno furbo, lasciò cadere la cosa.

«Diamoci tutti una calmata, ragazzi» si limitò a dire.

L'ispettore Proietti fino a quel momento se n'era rimasto in disparte. Non per timore o per prudenza, era semplicemente disgustato. Come dimostrava una leggera smorfia che gli si era disegnata inconsciamente sul viso. Aveva vissuto tante volte la liturgia del fallimento di un'operazione di polizia giudiziaria. Quell'adrenalina che non si stempera nella vittoria, ma rimane dentro come un coito interrotto e produce rabbia. Allora diventa necessario dare un senso alla sconfitta e, se possibile, anche un volto, un nome e un cognome. La colpa cerca suo padre ma, a differenza del merito, non trova mai nessuno disposto a riconoscerla.

«Ecco, ha ragione il dottore, diamoci tutti una calmata» disse. Poi, quando gli altri si voltarono verso di lui, aggiunse: «Noi abbiamo fatto il nostro dovere, purtroppo il capo ci ha fottuti tutti».

Nessuno se la sentì di replicare, così l'isterico piagnisteo ebbe termine e si riprese a ragionare.

«Procediamo alla perquisizione dell'ufficio del collega e del *suo armadietto personale» disse il commissario Crisanti, rivolgendosi a Proietti.*

Proprio in quel momento, incuriosita dal vociare, si affacciò nella stanza la sovrintendente Michela Paolozzi che era appena tornata dall'immancabile secondo caffè della mattina.

«Buongiorno, ma che avete stamattina? È scoppiata una guerra? È dalle sette e mezzo che è tutto un viavai.»

«In che senso dalle sette e mezzo?» chiese il sovrintendente Bini.

«Lo sai che io arrivo sempre a quell'ora per preparare il mattinale. Questa mattina ho trovato il capo che già vagava per i corridoi.»

«Il dottor Casabona?» chiese Crisanti.

«Certo. Fino a prova contraria il nostro capo è lui» rispose la donna, con l'innata irriverenza che la distingueva.

«Addio perquisizione, possiamo anche evitare di farla. Il commissario avrà messo tutte le cose a posto e se c'era qualcosa di compromettente di sicuro l'avrà già fatta sparire» commentò, sconsolato, un ispettore della Criminalpol.

«È venuto proprio nel posto più ovvio, al quale non avremmo mai pensato. È troppo furbo. Viaggia sempre un passo avanti, non lo prenderemo mai. Ci farà girare a vuoto come dei cretini» aggiunse Ciondolo, *con un tono di voce che lasciava trasparire un velato senso di ammirazione.*

La frase stava già per innescare una nuova polemica. Il giovane agente era sul punto di dire qualcosa, ma per fortuna squillò il cellulare del commissario Crisanti. Rispose: «Sì, ne sei sicuro? Lo state tracciando? Bene. Tenetemi costantemente informato.»

Chiuse la conversazione tirando un sospiro di sollievo e si rivolse ai presenti per condividere immediatamente il motivo della ritrovata fiducia: «Il collega non è così scaltro come qualcuno ritiene. Ha acceso il telefono. Lo stiamo monitorando. Ora si trova su un treno in direzione Milano. Se non sbaglio, la figlia vive lì, c'era da aspettarselo. Muoviamoci, andiamolo a prendere».

Stavano per uscire tutti dalla stanza quando il commissario aggiunse, rivolgendosi all'ispettore Proietti: «È meglio non andare tutti a Milano. Ci potrebbe essere bisogno di supporto qui a Valdenza. Voi resterete a disposizione. Anzi, se proprio volete rendervi utili, fate qualche verifica sulle persone che potrebbero aiutarlo a nascondersi. La moglie, gli amici più stretti. Tenetemi informato su ogni elemento utile che dovesse emergere dalla vostra attività».

Proietti si limitò a un cenno d'assenso. L'ordine fu ben accolto, faceva piacere anche a loro rimanere a Valdenza e staccarsi da quella compagnia mal assortita.

6

Lasciai la stazione ferroviaria di Valdenza uscendo da un varco laterale. Camminavo a testa bassa per non incrociare lo sguardo di chi mi passava accanto, temendo che qualcuno potesse riconoscermi e attaccare bottone. Nel frattempo pensavo, sforzandomi di individuare un amico di cui mi potessi fidare per chiedergli aiuto.

Dopo aver rimuginato a lungo sulla cosa, approdai a un'amara conclusione che mi lasciò attonito: io non avevo amici.

Non ci avevo mai riflettuto seriamente, perciò mi risultò difficile accettare una verità del genere, ma non c'erano dubbi: le cose stavano proprio così. Il lavoro che avevo scelto di fare mi aveva sradicato dalla terra d'origine, dove avevo vissuto gli anni dell'infanzia e dell'adolescenza, quando si intrecciano legami che sopravvivono al tempo perché germogliati su un terreno ancora non inquinato da interessi e convenienze. Avevo vagato per l'Italia tra un ufficio di polizia e l'altro fino ad arrivare a Valdenza, dove si erano creati rapporti con tante persone, nessuna delle quali si poteva però definire veramente un amico. Godevo della stima di tanti, ma solo nella mia veste di commissario, che in quel momento non era assolutamente spendibile. I legami forti erano quelli con i miei figli, ma loro dovevano rimanere fuori dall'incubo che stavo vivendo. Poi c'erano i colleghi, però mi stavano dando la caccia. Mi venne da pensare a mia moglie Francesca, che mi aveva sostenuto tante volte nei momenti di difficoltà, ma ormai i nostri rapporti erano compromessi. E poi, se la mia ricostruzione era giusta, mi stavano cercando proprio perché mi ritenevano responsabile della morte del suo nuovo amore. Non era proprio il caso di avvicinarmi a lei.

Me ne feci una ragione. Non era di certo quella la situazione ideale per tracciare un bilancio esistenziale e lasciarmi cogliere dalla depressione. In quel momento avevo bisogno solo di due cose: trovare un luogo sicuro dove nascondermi e una persona in grado di aiutarmi a capire cosa stesse succedendo. Non una persona qualsiasi, ma qualcuno che avesse la possibilità di arrivare alle informazioni contenute nel fascicolo che mi riguardava. Quindi doveva essere uno dell'ambiente, ma chi?

Dei miei colleghi funzionari, nemmeno a parlarne. Probabilmente stavano già facendo a gara nel prendere le distanze da me con frasi del tipo: "non ci si può ritenere al di sopra della legge", "la giustizia deve fare il suo corso", "dobbiamo avere fiducia nella magistratura". Nessuno di loro avrebbe messo a rischio la carriera per aiutarmi. La carriera viene prima di tutto. I miei collaboratori della Mobile non li potevo coinvolgere. Probabilmente venivano già guardati con sospetto dagli altri della Criminalpol di Firenze e non era opportuno rivolgermi a loro.

Fu il caso a venirmi in aiuto. Nel parcheggio della stazione riconobbi l'auto dell'ispettore Sarripoli, il comandante della polizia ferroviaria di Valdenza. Era stato per anni un mio prezioso collaboratore alla Mobile, fino a quando aveva chiesto di andare via per poter fare turni di lavoro più regolari. I nostri rapporti personali erano molto buoni, al di là dell'aspetto lavorativo. Diciamo che, se non era un vero amico, ci si avvicinava molto. Fino a che punto stavo per scoprirlo, perché decisi di affidarmi a lui. Era fuori dal giro della questura da un paio d'anni, ma aveva mantenuto i contatti e conosceva l'ambiente, quindi poteva arrivare alle informazioni di cui avevo bisogno. Era la persona giusta, anche perché Crisanti e i suoi non lo conoscevano e non potevano sapere che eravamo rimasti in contatto anche dopo il suo trasferimento.

Aveva appena finito di parcheggiare la sua Punto bianca sgangherata e stava per scendere. Entrai dal lato del passeggero e mi sedetti. Mi guardò, dapprima con stupore, poi con lo sguardo preoccupato e rassegnato di chi sente che sta per essere investito da una grossa grana che non può evitare.

«Che succede?»

«Sono nei guai, Emilio. Ho bisogno del tuo aiuto. È una cosa seria.»

«Dimmi, sono a tua disposizione.»

«Allontaniamoci da qui. Mi stanno cercando, qualcuno potrebbe riconoscermi.»

«Chi ti sta cercando?»

«La Criminalpol di Firenze, e anche i miei con loro.»

«Ma che dici, Tommaso? È uno scherzo o sei impazzito?»

«Magari fosse uno scherzo... dài, metti in moto. Fai presto.»

«Ma dove vado?»

«Verso la montagna, usciamo dalla città.»

Sarripoli rifece la manovra al contrario e uscì dal parcheggio imboccando la strada che portava verso le colline di Valdenza.

«Allora, mi dici che diavolo sta succedendo? Mi fai preoccupare così.»

«Stamattina alle sei hanno bussato alla mia porta Fabio Proietti, Stefano Bini e Antonio Giordano. Avevano accompagnato i colleghi di Firenze che dovevano eseguire una perquisizione a mio carico.»

«Una perquisizione?»

«Li ho fatti entrare, ma quando ho visto il capo d'imputazione, mi sono inventato una scusa per andare in camera da letto e sono scappato dalla finestra.»

«Che capo d'imputazione hai visto?»

«Omicidio.»

«Omicidio? Ma che dici?»

«Omicidio, Emilio, articolo 575 del codice penale.»

«Ma omicidio di chi?»

«Del dottor Marco Romoli, l'oncologo che aveva in cura Francesca. Almeno credo.»

«Il suo amante?»

A quella domanda fui io a reagire con stupore.

«E tu che ne sai?»

«Dài, Tommaso, lo sanno tutti che tua moglie se n'è andata via di casa perché aveva una storia con lui» mi rispose imbarazzato aggiungendo: «Ma perché? È morto? Io non ho saputo nulla».

«Nemmeno io lo sapevo, me lo ha detto Michela Paolozzi che, a sua volta, lo ha saputo in via riservata da uno dell'equipaggio della volante che è intervenuta sul posto. Pare sia stato trovato nei boschi del Mugello con ferite da arma da fuoco.»

«Ma davvero lo hai ucciso tu?» mi chiese Sarripoli, con la stessa naturalezza di chi fa una domanda del tipo: "Ti va di prendere un caffè?".

«Ma che dici, Emilio! Certo che non l'ho ucciso io. Ma ti sembro uno che si mette ad ammazzare la gente?»

«Ma era l'amante di tua moglie.»

«Che cazzo c'entra questo? Intanto, tecnicamente, non era il suo amante, perché non lo vedeva di nascosto e a mia insaputa. Prima di andarsene con lui ha chiuso con me, mettendomi al corrente delle sue intenzioni. Ma, a parte questo, come puoi pensare che io possa fare una cosa del genere? Non l'ho ucciso io. Non lo vedevo dai tempi del ricovero di Francesca in ospedale.»

Si fermò in una piazzola di sosta a mezza costa, dalla quale si godeva di una vista stupenda su tutta la vallata. Poco distante erano parcheggiate un paio di auto con all'interno coppie che ammiravano il panorama. Valdenza era bellissima vista da lassù. Con i suoi tetti colorati nelle varie tonalità di rosso degli embrici e dei coppi, le cupole delle chiese e le torri dei campanili che puntavano fiere verso il cielo terso e azzurro.

Spense il motore ed emise la sua sentenza.

«Amico mio, se le cose stanno così, questo è un tipico gatto nel carbone, che tradotto in tedesco si dice: *eine Katze in der Kohle*.»

Dopo aver constatato che non avevo alcuna voglia di ridere, aggiunse: «Ma io come posso aiutarti, Tommaso?».

«Ho bisogno di sapere su cosa si fondano le accuse nei miei confronti. Devo capire chi c'è dietro tutto questo, altrimenti non posso difendermi.»

«Ma perché non ti costituisci e ti fai difendere da un buon avvocato?» mi chiese con candore.

«Ma fai sul serio? E quando ne esco, con i tempi della giustizia in Italia? Se tutto va bene verrei riabilitato *post mortem*.»

«Va bene, dimmi cosa devo fare.»

«Trovami informazioni, Emilio. Cerca negli archivi informatici, senti cosa si dice nell'ambiente, prova a parlare con qualcuno della Mobile, ma senza insospettirli. Tu sai come fare.»

«Ci provo. Come farò a rintracciarti?»

«Come foto del profilo Facebook, hai sempre quella di dieci anni fa, quando avevi tutti i capelli e sembravi magro?»

«Sì, ma non è di dieci anni fa. È più recente.»

«Okay. Quando avrai trovato quello di cui ho bisogno, cambiala. Io capirò che hai notizie per me e mi farò vivo. Ora andiamo via, però, ché questi della macchina di fianco ci stanno guardando in un modo strano. Non vorrei che pensassero che siamo due zozzoni che vengono a spiare le coppie.»

7

Il commissario Crisanti e suoi impiegarono circa due ore e mezza per raggiungere la stazione centrale di Milano.

Durante il tragitto si tennero in contatto con l'operatore che si trovava nella sala ascolto della Criminalpol di Firenze. Confrontando la traccia lasciata dal segnale del cellulare di Casabona sulla cartina del sistema di intercettazione con l'orario dei treni, fu facile arrivare alla conclusione che si trattava del Frecciarossa partito da Roma, il cui arrivo a Milano era previsto per le undici.

Crisanti sapeva bene che, pur viaggiando a sirene spiegate sul filo dei duecento chilometri orari, non ce l'avrebbero mai fatta ad arrivare in tempo. Così decise di coinvolgere nell'operazione anche la squadra mobile e la polizia ferroviaria di Milano. Furono loro a predisporre un cordone di sorveglianza intorno al convoglio dopo aver ricevuto per posta elettronica una foto del ricercato.

Furono piazzati due agenti davanti alle uscite di ogni vagone per controllare tutti i passeggeri, uno a uno. Casabona non c'era.

Quando il gruppo di investigatori partito da Valdenza arrivò alla stazione, l'operazione di controllo era già terminata. Il funzionario della Polfer si chiamava Vittorio Bardi, era un vice questore anziano, prossimo alla pensione. Ciò nonostante portava l'uniforme con grande dignità: si vedeva che era abituato a vestirla tutti i giorni. A dispetto dei capelli bianchi che si intravedevano sotto il berretto calzato, aveva dei baffoni neri molto ben curati che gli conferivano un aspetto risorgimentale. Il commissario che dirigeva la sezione catturandi della Mobile di Milano, invece, si chiamava Renato Balsamo ed era un giovane dall'aria scanzonata, che vestiva sportivo, con scarpe di marca e piumino alla moda. Si capiva lontano un miglio che era un tipo sveglio e sicuro di sé.

Aspettavano l'arrivo di Crisanti in testa al binario per comunicargli l'esito negativo dell'operazione. Erano entrambi visibilmente contrariati. Avevano perso quasi tutta la mattinata e distolto decine di uomini dai loro compiti ordinari per un servizio che doveva essere poco più di una semplice formalità e che, invece, si era rivelato un'enorme bufala.

Crisanti e i suoi si apprestavano a vivere ciò che poche ore prima avevano fatto provare ai colleghi della Mobile di Valdenza: la responsabilità di un fallimento.

Il commissario di Firenze provò a giustificarsi.

«Il telefono di Casabona è intercettato da ieri. Tutte le celle agganciate si sovrappongono perfettamente con l'itinerario e con gli orari del Frecciarossa che è partito da Roma per Milano. È impossibile che non lo abbiano visto scendere dal treno.»

«Allora controllate dove si trova in questo momento. Così vediamo se è qui alla stazione oppure si è già spostato» suggerì il dottor Balsamo della Mobile di Miliano.

Crisanti telefonò in sala ascolto e girò la domanda all'agente che stava seguendo i telefoni. Dopo uno scambio di battute chiuse la conversazione visibilmente sconfortato.

«In questo momento il telefono ci risulta spento. L'ultimo segnale rilevato risale a più di un'ora fa» biascicò.

«Ma che cazzo!» si inserì con veemenza il vice questore Bardi della Polfer. «Un'ora fa il treno era a Parma. Potrebbe essere sceso lì, oppure alla fermata successiva di Piacenza. Ci avete fatto bloccare mezza stazione per nulla.»

Balsamo, diviso tra la comune appartenenza al mondo degli investigatori, che lo portava a parteggiare per Crisanti, e l'essere in servizio a Milano, come il collega della polizia ferroviaria, cercò di mediare.

«Perché pensi che Casabona sia venuto proprio qui a Milano, Mauro? Ci sarà un motivo che ti ha portato a escludere che possa essere sceso a Parma o a Piacenza?»

«Perché a Milano ci lavora e ci abita la figlia. Mi sembra un'ottima ragione per pensare che fosse questa la sua meta finale. Non trovi?»

Balsamo annuì. Bardi, invece, colse l'occasione per sfilarsi da quella situazione che era diventata solo una grossa scocciatura per lui.

«Bene, se avete motivo di ritenere che il ricercato si possa essere rifugiato dalla figlia, la cosa non ci riguarda più. A meno che la figlia non abiti dentro la stazione. Ma non credo, altrimenti lo avrei saputo.» Senza aspettare ulteriori commenti, chiuse definitivamente la discussione. «Noi riprendiamo il normale servizio, abbiamo tante cose da fare qui dentro.» Strinse la mano ai due colleghi, girò le spalle e andò via seguito dai suoi uomini.

Il commissario Balsamo, che era napoletano di origine, si lasciò andare a un commento a bassa voce con Crisanti: «Collega, non te la prendere. Chist' so ferrovieri, la polizia vera nun l'hann mai fatt in vita loro».

Crisanti apprezzò la solidarietà, ma appariva ancora disorientato.

«Dicono che non è sceso dal treno. Ma ci si può fidare di come fanno i controlli questi?» chiese.

«Che ti posso dire, collega, io la mano sul fuoco non ce la metterei. Secondo me, la cosa migliore da fare è andare a controllare dalla figlia. Così ci togliamo anche da questo casino di gente che va e viene, che già mi sta facendo girare la testa» suggerì Balsamo.

«Hai ragione, prima ce ne andiamo da qui e meglio è.»

Si avviarono entrambi verso l'uscita della stazione, dal lato dove avevano parcheggiato le auto di servizio.

8

Quando scendemmo dalle colline feci un pezzo di strada in auto con l'ispettore Sarripoli che aveva premura di rientrare al lavoro. Gli dissi di accompagnarmi a un centinaio di metri dal Centro per la riabilitazione e il sostegno di persone con disabilità fisiche, psichiche e sensoriali, dove lavorava la dottoressa Barbara Melani, che avevo conosciuto qualche mese prima durante una visita alla struttura per motivi di lavoro.

Dopo quel primo incontro era nata una frequentazione tra noi due. Non avrei saputo come meglio definirla senza correre il rischio di cadere nel ridicolo. Entrambi avevamo superato da tempo l'età in cui si sente il bisogno di appiccicare un'etichetta ai rapporti tra un uomo e una donna. Ci si incontrava perché si stava bene insieme e continuavamo a farlo perché ci faceva piacere che ciò accadesse. In questo senso ci frequentavamo. Ma non ci eravamo mai posti il problema di trovare un nome appropriato per definire quello che ci stava accadendo. Fidanzati? Amanti? Amici? Che importanza aveva? Cosa sarebbe cambiato? A chi dovevamo dar conto di una tale precisione lessicale? Per me, in quel momento, contava solo il fatto che la sua presenza mi aiutava a sopportare il peso del fallimento del mio matrimonio.

Barbara era la persona che sentivo più vicina in quel periodo, anche se non potevo dire che avesse preso il posto di Francesca nel mio cuore. Questa era una cosa impossibile. Gli esseri umani non sono come le gomme delle auto che si sostituiscono con altre della stessa misura quando sono logore. Un amore vero, come era stato il nostro, è sempre qualcosa di unico e irripetibile. Chi va via ci cambia irrimediabilmente. Staccandosi, porta con sé un pezzo di noi, rimasto impigliato nel mondo che è stato. In un passato comune che non è più possibile separare, anche se a volte ci si illude di poterlo fare, semplicemente rinnegandolo. Non si può tornare indietro nel tempo a ciò che siamo stati e amare nello stesso modo. Ogni amore è una melodia nuova, anche se suonata con le stesse note. Ci piaccia o no.

Entrai nel grande parco costeggiando i platani e le siepi di fotinia che delimitavano il prato all'inglese, tenendomi il più possibile nell'ombra per non attirare l'attenzione. Rimasi ad aspettare, indeciso se entrare e chiedere di lei oppure andare via.

Mi sembrava di essere tornato ai vecchi tempi, quando partecipavo ai servizi di osservazione, controllo e pedinamento durante le indagini. Avevo smesso di farlo da anni, rassegnandomi all'idea che ero troppo conosciuto in città per sperare di passare inosservato. Ogni volta rischiavo di far saltare le coperture. I miei uomini non me lo avevano mai detto esplicitamente, ci arrivai da solo, ma tirarono un bel sospiro di sollievo quando decisi di non partecipare più a questo tipo di attività fondamentale che nessuna telecamera di videosorveglianza, offrendo solo una visione parziale delle cose, potrà mai sostituire.

Dopo una decina di minuti realizzai che non potevo restare ancora a lungo in quella posizione. Prima o poi qualcuno si sarebbe accorto di me e, nella migliore delle ipotesi, si sarebbe avvicinato a salutarmi dopo avermi riconosciuto. Ma poteva andare anche peggio: avrebbero potuto chiamare i colleghi del 113 o i carabinieri se mi avessero scambiato per un malintenzionato.

Tirai fuori dalla tasca del giaccone il cellulare che avevo portato via dall'ufficio e lo accesi. Era un vecchio Motorola e per fortuna aveva ancora un po' di carica, cosa che, per quel tipo di apparecchio, costruito solo per telefonare, significava almeno una giornata di autonomia.

Pensai di chiamare Barbara per chiederle di uscire nel parco, in modo da poterle parlare, ma mi resi conto che la comodità di registrare migliaia di utenze sui moderni smartphone mi aveva reso incapace di ricordare a memoria un numero telefonico. Mio malgrado, dovetti accettare l'idea che, pur volendo, non avrei potuto chiamare nessuno, nemmeno i miei figli.

Come spesso accade, la necessità mi aiutò a trovare una soluzione. Mi ricordai che sulla targa all'ingresso era riportato il numero del centralino del Centro di riabilitazione. Avrei potuto chiamare loro e farmela passare. Senza nemmeno dire chi ero, inventandomi un nome qualsiasi. Tornai al cancello e, leggendolo direttamente dall'insegna che dava sulla strada, digitai il numero sulla tastiera.

Stavo per far partire la chiamata quando la mia anima nera da sbirro di strada mi toccò la spalla per farmi una domanda: "Sei sicuro di poterti fidare di questa donna? La conosci solo da qualche mese, se poi racconta a qualcuno che l'hai chiamata, basta fare un semplice tabulato e ti sei fottuto il telefono pulito".

Non sempre sono andato d'accordo con questo demone cinico che mi accompagna da quando l'età mi ha spinto nell'arena del mondo degli adulti. La nostra è una convivenza forzata. Mio malgrado lui c'è e di ogni cosa riesce sempre a cogliere l'aspetto negativo. A starlo a sentire non ci si può fidare di nessuno. Il mondo sarebbe dominato dalla cattiveria e dall'inganno. Mentre il bene sarebbe solo una creazione illusoria del male per attirare in trappola gli allocchi creduloni. È uno psicopatico affetto da turbe mentali. Un mostro che si è alimentato di tutte le nefandezze che sono passate attraverso i miei sensi in questi lunghi anni di onorato servizio. Ho provato a fargli capire che la realtà non è solo quella, che la sua è una percezione deformata, ma non c'è stato nulla da fare. Sguazza nella pattumiera del mondo e pretende di darmi lezioni.

Ma la cosa che mi riesce davvero difficile mandare giù è che ha quasi sempre ragione. Quanto mi piacerebbe smentirlo con i fatti. Deriderlo per i suoi fallimenti. Dirgli: "Hai visto che sei solo un maniaco paranoico? Che non era come dicevi tu?". Invece, è sempre lui ad avere la meglio: "Ti ho salvato anche questa volta, coglione che non sei altro. Senza di me non avresti mai risolto nulla. Tutti i criminali che ti ho fatto mettere in carcere sarebbero ancora in giro a fare danni e a raccontare al mondo della tua stupida ingenuità. Io ti insegno a sopravvivere, idiota. Dovresti ringraziarmi, invece di tenermi nascosto e vergognarti di me".

Mi fermai un attimo a riflettere. Riposi in tasca il cellulare. Non aveva tutti i torti, il bastardo maledetto. Come sempre.

In fondo chi era Barbara Melani? La conoscevo solo da qualche mese. Ci eravamo visti non più di cinque/sei volte. Perché avrebbe dovuto correre dei rischi per me? Chi ero io per lei?

Fino a quel momento era stato tutto facile, ma in quella situazione era diverso. Non era per niente scontato che mi avrebbe aiutato.

In fondo è così che funzionano le relazioni amorose. Con la forza della passione e dell'innamoramento si costruiscono solidi e possenti edifici che posano sulle instabili fondamenta dei sentimenti.

Costruire sui cuori è come costruire sulla riva di un fiume che con il tempo può deviare il suo corso e travolgere tutto.

Non potevo correre un rischio del genere. Non in quel momento e non in quel modo stupido. Perciò decisi di allontanarmi e aspettare un'occasione migliore per avvicinarla.

9

Francesca era seduta davanti alla scrivania dell'ispettore Proietti negli uffici della squadra mobile di Valdenza. Nella stanza c'erano anche il sovrintendente Bini e l'assistente Giordano, che erano andati a prenderla nella casa al mare sul golfo di Baratti, dove la moglie del commissario Casabona si era trasferita dopo la separazione.

Non si stava curando molto del suo aspetto fisico negli ultimi tempi. Si intravedeva la ricrescita dei capelli bianchi alla base di quelli tinti biondo scuro e sembrava un po' appesantita. Evidentemente, anche lei aveva vissuto periodi migliori. Restava, comunque, una bella donna, dai lineamenti delicati e il portamento fiero.

Bini e Ciondolo *si erano tenuti sul vago durante il viaggio in macchina. Perciò lei era ansiosa di conoscere il motivo di quella convocazione così urgente, ma non lo dava a vedere. C'era un sentimento più forte che accomunava tutti in quella stanza e che aveva preso il sopravvento: l'imbarazzo. A nessuno faceva piacere trovarsi in quella situazione. Né ai poliziotti che dovevano interrogare la moglie del loro capo come fosse una sospettata qualunque, né a Francesca che non sapeva quante delle cose accadute tra lei e il marito fossero diventate di dominio pubblico.*

L'ispettore Proietti trovò il coraggio di rompere il ghiaccio.

«Signora, ci deve scusare se l'abbiamo convocata con urgenza, ma abbiamo bisogno di farle alcune domande. Poi la riaccompagneremo a casa.»

Francesca capì subito che doveva trattarsi di qualcosa di molto serio. Conosceva Proietti da anni, spesso si erano parlati, al telefono o di persona, un tale distacco appariva assolutamente inspiegabile. Stava per dirgli: "Fabio, sono io, Francesca. Ci conosciamo da tempo, puoi anche darmi del tu". Ma decise che era meglio lasciare andare le cose come dovevano andare.

«Ditemi pure. Di cosa si tratta?»

«Da quanto tempo non vede il commissario Casabona?»

«Ma chi? Tommaso?»

«Sì.»

«Saranno un paio di settimane. Ci siamo visti per discutere alcune cose della nostra separazione. Penso che lo sappiate che siamo separati da qualche mese?»

Si girò verso Bini e Ciondolo *come a fargli capire che la domanda era indirizzata anche a loro. I due non dissero nulla, ma colsero l'occasione per togliersi da quella situazione, diventata insostenibile, uscendo dalla stanza.*

«Sì, lo sappiamo» rispose Proietti. Poi, continuò: «Dall'ultima volta che vi siete visti non lo ha nemmeno sentito al telefono?».

«No, non lo vedo e non lo sento da un paio di settimane. Perché mi chiedete queste cose? Gli è successo qualcosa? Sta male?»

«Non gli è successo nulla. Sta bene, non si preoccupi. Piuttosto, mi dica, come si è comportato con lei dopo che gli ha comunicato la sua intenzione di lasciarlo?»

«All'inizio non l'ha presa bene, ovviamente. Poi se n'è fatto una ragione. Anzi, mi è sembrato adattarsi subito alla nuova situazione.»

«È stato mai violento nei suoi confronti? L'ha mai minacciata?»

«No, mai. Come dicevo, non l'ha presa bene, ha cercato di convincermi a non andare, era arrabbiato ma non è mai andato oltre certi limiti.»

«E nei confronti del dottor Marco Romoli?» chiese Proietti, nel modo più delicato di cui era capace.

Francesca appariva sempre più disorientata.

«Nemmeno con lui, che io sappia. Se l'è presa solo con me, non gli importava di chi fosse l'altra persona. Nel suo modo di vedere le cose, sono io l'unica responsabile di ciò che è accaduto.» Poi aggiunse, come se lo stesse confessando solo a se stessa: «In fondo, aveva ragione a pensarla così. Marco non c'entra nulla».

L'ispettore Proietti dedusse da quelle parole che Francesca era ignara degli ultimi eventi. Decise di approfondire l'argomento.

«Da quanto tempo non vede il dottor Romoli?»

«Da più di un mese.»

Proietti non riuscì a nascondere la sorpresa.

«Da più di un mese?»

«Sì» ammise Francesca. «In realtà ci siamo visti solo due o tre volte, dopo che ero andata via di casa. Poi, lui cominciò a mostrarsi distaccato e meno interessato alla mia persona e io ad accorgermi che le cose non stavano come avevo immaginato. Così tutto è finito prima ancora di iniziare.»

Proietti rimase talmente sorpreso dalle parole di Francesca da non riuscire più a reggere la parte che si era imposto per ragioni professionali.

«Ma perché non lo ha detto a Tommaso? Lui vi immaginava felici in giro per il mondo. Ha sofferto come un cane.»

«E cosa gli dovevo dire? Che aveva ragione? Che mi ero illusa

di aver ritrovato l'amore della mia vita mentre, invece, lo avevo perso? Che ero finita nelle mani di un uomo che non è mai cresciuto e colleziona donne come fossero trofei da tenere in bacheca per dimostrare a se stesso di essere sempre brillante e seducente? Ho preferito evitargli anche questa umiliazione. Non la meritava. Non sarebbe stato giusto. Ho rovinato tutto, non c'è più nulla da fare, se non lasciarlo in pace in modo che possa ricostruirsi una vita con una persona più degna di me.»

L'ispettore Proietti era in difficoltà e non trovava più le parole per proseguire in quell'assunzione di informazioni che stava diventando sempre più sgradevole. Francesca ne approfittò per andare al nocciolo della questione.

«Fabio, la finiamo con questa sceneggiata? Mi dici cosa diavolo sta succedendo? Va bene che il lavoro è lavoro, ma porca miseria, ci conosciamo da vent'anni.»

«Il capo è ricercato, Francesca. Il caso non è nostro. Sta procedendo la Direzione Distrettuale Antimafia di Firenze. Stamattina siamo andati a casa vostra con la Criminalpol per eseguire una perquisizione e arrestarlo, ma lui è riuscito a scappare. Di più non ti posso dire. Se ti dovesse contattare, in qualunque modo, anche se ti chiama o ti scrive un messaggio, devi farcelo sapere. Nel suo interesse, digli che si deve costituire. Così non fa altro che aggravare la sua posizione.»

«Ma di cosa è accusato?»

«Dell'omicidio del dottor Romoli.»

Francesca rimase come tramortita dopo aver ricevuto un gancio al mento. Se fosse stata un altro tipo di donna, probabilmente sarebbe svenuta.

«Hanno trovato il suo corpo senza vita nei boschi del Mugello» aggiunse Proietti per chiudere il discorso.

La donna si piegò su se stessa e si portò le mani alla testa.

«Non può essere. Tommaso non può aver fatto una cosa del genere. Lo sai anche tu, Fabio, che non può averlo fatto. Lo conosciamo entrambi da anni, non è da lui. Non è possibile.»

«In questo momento, quello che pensiamo noi non conta nulla. Se è innocente, la verità verrà fuori prima o poi.»

«È colpa mia. Ho creato io tutto questo casino. Qualsiasi cosa sia successa è solo colpa mia.»

Francesca non riuscì a reggere oltre e si lasciò andare a un pianto liberatorio.

10

Aspettai Barbara sotto casa sua. Abitava in un terratetto non molto lontano dal Centro di riabilitazione dove lavorava, in una zona residenziale poco fuori Valdenza.

Il cancelletto in ferro battuto non era chiuso a chiave, così entrai nel vialetto del cortile senza farmi troppi problemi. Restai ad aspettarla seduto sulla poltrona di vimini che teneva sotto il porticato di fronte alla casa.

Sapevo che quel giorno aveva il pomeriggio libero e sarebbe rientrata. Non era la prima volta che passavo a farle visita a quell'ora. La pausa pranzo è sempre stato il tempo preferito dagli amanti per i loro incontri fugaci e clandestini. Noi non facevamo eccezione, visto che entrambi non avevamo nessuna fretta di rendere la nostra relazione di dominio pubblico.

Quando mi vide non restò molto sorpresa. Mi accolse con il sorriso sulle labbra e la solita battuta sempre pronta.

«Penso di essere la donna più fortunata di Valdenza per avere la casa vigilata dal poliziotto più in gamba della città. Chissà quanto mi verrà a costare questo servizio esclusivo e in che modo mi toccherà ripagarlo.»

Barbara possedeva il dono dell'ironia. Una qualità che ho sempre apprezzato, anche perché piuttosto difficile da trovare nelle donne. Per quello che ne so io, il genere femminile tende a prendere le cose troppo sul serio, con la conseguenza che il conflitto è sempre dietro l'angolo, anche per banali equivoci e incomprensioni.

L'ironia rende tutto più facile, grazie a Dio, ma nella situazione in cui mi trovavo nemmeno una gag di Stanlio e Ollio mi avrebbe strappato un sorriso. Risposi con un banale: «Ciao». Poi aggiunsi, mentendo: «Sono arrivato un minuto fa. Ho pensato di aspettarti qui per non attirare l'attenzione dei vicini».

«Hai fatto bene» commentò, facendo finta di credermi. «Vieni, entriamo» aggiunse.

La casa non era grande. Ingresso, salottino e cucina costituivano un ambiente unico. Sulla destra un piccolo corridoio che portava alla camera da letto, al bagno e a una stanzina di servizio. In compenso era molto accogliente. Arredata con quella armoniosa coerenza che chi vive da solo si può permettere, visto che non è costretto a negoziare ogni cosa con il gusto di qualcun altro.

Appena entrati, Barbara lasciò cadere la borsa su una poltroncina incastrata in un angolo, appoggiò le chiavi tra una fila di foto incorniciate su uno scaffale e si tolse il cappotto bianco sistemandolo sull'attaccapanni. Io la seguii senza dir nulla.

«Hai pranzato? Preparo qualcosa?» mi chiese.

«Non voglio disturbare. Sono piombato qui senza nemmeno avvisarti. Non so nemmeno se hai altri impegni.»

«Ma quale disturbo? Dammi solo il tempo di togliermi le scarpe e mettermi qualcosa di comodo. Siediti.»

Accese la tv e sparì nel bagno.

Stava per iniziare il TG Regione delle quattordici. Per un attimo mi mancò il respiro. Fino a quel momento non mi era nemmeno passato per la mente che la vicenda di cui ero protagonista avesse tutte le caratteristiche per diventare una notizia di rilevanza nazionale. Non capita tutti i giorni che un commissario di polizia venga accusato dell'omicidio dell'amante della moglie e che si dia alla fuga, per giunta. Gli ingredienti per inondare della mia immagine le pagine dei giornali e gli schermi delle tv c'erano tutti. Mi avrebbero massacrato, senza sconti. Nessuno prende le parti di uno *sbirro* che finisce sul banco degli imputati, è contro natura. Pensai ai miei figli e mi venne una fitta al cuore. Non li avevo nemmeno preparati. Per loro sarebbe stato come essere sorpresi da un terremoto. Sapevo di non aver fatto nulla per meritarmi ciò che mi stava accadendo, ma mi sentivo comunque responsabile per loro.

Dopo la sigla partirono i titoli. Senza accorgermene, mi aggrappai al bracciolo del divano stringendolo con forza come fosse un salvagente capace di tenermi a galla in mezzo a un oceano in tempesta.

La prima notizia del sommario riguardava la politica. C'era aria di crisi in Regione, stavano vacillando gli equilibri interni alla maggioranza. Bene, pensai, non me ne frega nulla, come alla maggior parte della gente d'altronde, ma è sempre meglio di un'apertura sulla mia fuga.

Trattenni ancora il fiato. Il secondo annuncio riguardava un servizio sulla rapina in una banca a Firenze e l'arresto di due dei rapinatori. Il terzo era riuscito a scappare.

Mollai la presa sul bracciolo. Non potevano passare la notizia che mi riguardava dopo una banale rapina in banca. Era evidente che la stampa non era ancora stata informata.

Barbara riapparve dal corridoio. Indossava un paio di ciabatte da camera stile orientale e un grosso camicione di flanella rosso scozzese che le scendeva fino al ginocchio. Aveva sistemato i capelli biondi all'insù tenendoli raggruppati con una forcina. È una cosa che ho sempre trovato irresistibile in una donna. In altri tempi mi sarei precipitato a baciarle il collo affusolato, ma quella volta non ebbi alcuna reazione. Stavo ancora scontando il calo di tensione dopo lo scampato pericolo della notizia al telegiornale. Lei si accorse che c'era qualcosa che non andava

«Che hai? Sei strano oggi. Stai bene?» mi chiese.

Non potevo dire che non avevo nulla. Non ci avrebbe creduto. Ho vissuto abbastanza per capire che non si può ingannare una donna su cose del genere. Hanno un sesto senso infallibile, una specie di rivelatore di alterazione di stato. L'unica cosa che potevo fare era confessare. Confessare, ma non necessariamente la verità. È ciò che feci. In quel momento non me la sentivo di raccontarle tutto. Non perché non mi fidassi di lei, questo lo avevo superato presentandomi a casa sua, è che non avevo ancora informazioni sufficienti per rispondere a tutte le domande che mi avrebbe fatto.

«Ho passato una nottataccia, Barbara. Ho dormito poco e male. Troppi pensieri. Il fatto che dovrò rientrare al lavoro, la mia situazione familiare, insomma... ho vissuto tempi migliori.»

Restò per qualche istante a osservare la mia finta indifferenza. Sentiva che non gliela stavo raccontando giusta, ma decise di prendere per buona la mia versione.

«Ti stai sovraccaricando troppo dal punto di vista emotivo, Tommaso. Sei proprio sicuro che tutti i pesi che ti metti sulle spalle siano necessari? La vita quotidiana di ognuno di noi è fatta di cose che dobbiamo fare perché le riteniamo necessarie e di cose che vogliamo fare perché ci piace farle. Il nostro benessere dipende dall'equilibrio tra queste diverse tipologie di azioni. Prova ad annotare, in una tua giornata tipo, da un lato ciò che fai per dovere e dall'altro ciò che fai per piacere. Se la seconda colonna è sotto il 30%, devi togliere qualcosa dalla prima e aggiungere dall'altra parte.»

Barbara amava la filosofia orientale. Frequentava corsi di yoga e di meditazione trascendentale. In linea teorica, quello che diceva era sacrosanto, ma la mia condizione non era così semplice da sbrogliare. Siccome non potevo dirglielo, decisi di chiudere l'argomento con una battuta.

«È esattamente il motivo per il quale mi trovo qui, Barbara. Avevo bisogno di incrementare il valore della seconda colonna.»

Rise.

«Bravo, continua così che sei sulla buona strada.»

Aprì il frigorifero e tirò fuori dell'insalata, pomodorini, un cetriolo, olive e un paio di uova. Poi prese da un cassetto una scatoletta di tonno.

«Preparo una bella insalata nizzarda. Ti va bene?» mi chiese.

Ovviamente non era ammessa una risposta negativa. E anche se fossi stato così stupido da farlo, l'alternativa sarebbe stata un pinzimonio o un tagliere di tofu con salsa allo zenzero. Da Barbara non mi potevo di certo aspettare un piatto di spaghetti. Troppi carboidrati, avrebbe detto. Questa mania salutista era uno degli aspetti che mi piaceva meno di lei. Francesca era un'altra cosa, anche in cucina. Ma se n'era andata, che potevo fare, se non accettare con entusiasmo l'insalata?

«Va benissimo. Adoro la nizzarda» risposi, mentendo spudoratamente.

Dopo pranzo sperimentai quanta ragione avesse lo psicologo statunitense Maslow, quando aveva deciso di collocare il sesso alla base della sua piramide sui bisogni dell'uomo, ritenendolo prevalente anche rispetto alla sicurezza e alla libertà.

Mi fece bene. Tra noi c'era un'intesa perfetta a letto. Barbara aveva fatto pace da tempo con la propria femminilità, liberandosi di quei falsi pudori e sensi di colpa di facciata ai quali molte donne non riescono a rinunciare. Quel "vorrei, non vorrei, ma se vuoi..." che a una certa età diventa anche ridicolo.

Dopo, riuscii anche ad addormentarmi e a riposare un po'. Dio solo sa quanto ne avessi bisogno.

Al risveglio lei era ancora accanto a me. Si era rimessa il camicione di flanella e stava seduta sul letto con il computer portatile appoggiato sulle gambe, intenta a leggere le mail arrivate sulla sua posta elettronica.

Si accorse che avevo aperto gli occhi.

«Sei andato giù come un sasso. Da quanto tempo non dormivi?»

«Che ore sono?»

«Sono quasi le otto di sera.»

«Avevo un po' di sonno arretrato.»

«Eri agitato. Parlavi nel sonno.»

«Cosa ho detto?»

«Hai ripetuto un paio di volte: "Non lo so, non lo so". Che significa?»

«Non lo so.»

Mi diede un colpo sul fianco con il ginocchio.

«Vaffanculo.»

«Dài, scherzavo. Non mi ricordo... sognavo.»

«Resti a cena?»

Il mio stomaco percepì quella domanda come una minaccia.

Cambiai discorso. Le chiesi se potesse cercare il profilo di un mio collega su Facebook perché ero curioso di vedere che foto avesse utilizzato. Le dissi che si chiamava Emilio Sarripoli.

«Eccolo. Il tuo amico è un cane?» domandò, girando il monitor verso di me.

Emilio aveva cambiato la sua foto sostituendola con quella di un pastore tedesco, simbolo della fedeltà assoluta. Era il segnale convenuto. Evidentemente aveva già notizie per me.

Mi alzai dal letto avviandomi verso il bagno.

«Devo fare una telefonata, Barbara, scusami.»

Chiusi la porta alle mie spalle.

Digitai uno dei pochi numeri che ancora ricordavo a memoria, quello del centralino del Ministero dell'Interno.

«Buonasera, sono il questore di Firenze» dissi, mentendo. «Avrei bisogno di parlare con il Compartimento della polizia ferroviaria di Firenze.»

«Resti in linea signor questore... ecco a lei... parli pure.»

«Compartimento Polfer Firenze.»

«Sono il questore di Firenze, avrei bisogno di parlare con il comandante del Posto Polfer di Valdenza, me lo può passare sul cellulare per cortesia?»

«Certamente signor questore, resti in attesa.»

«Pronto, signor questore, sono l'ispettore Sarripoli, comandi, cosa posso fare per lei?»

Con i passaggi di centralino che avevo fatto, anche se il telefono di Sarripoli fosse stato intercettato, ci avrebbero messo giorni per risalire al numero dal quale stavo chiamando.»

«Buonasera ispettore, so che voleva parlarmi.»

Riconobbe la mia voce.

«Ma...»

«Posso riceverla quando vuole.»

Capì.

«Passo io da lei. Sono in zona, tra dieci minuti la raggiungo.»

A questo punto fui io a restare disorientato.

«Conosce la zona?» gli chiesi.

«Certo. Un amico comune mi ha spiegato la strada.»

«Bene. Allora l'aspetto. A dopo.»

Uscii dal bagno e andai a rivestirmi in camera da letto.

«Barbara, non posso restare a cena, mi dispiace. Ho un problema in ufficio. Tra dieci minuti passano a prendermi. Però, appena finito torno e resto a dormire da te, se ti fa piacere.»

«E me lo chiedi anche?» mi rispose.

Le diedi un bacio sulle labbra per evitare altre domande.

11

Chiara, la figlia del commissario Casabona, dopo essersi laureata e specializzata in psicologia della devianza, aveva ottenuto una borsa di studio come ricercatrice all'Università di Milano. Il commissario Crisanti e il suo collega della squadra mobile di Milano, Renato Balsamo, impiegarono una quindicina di minuti per arrivarci.

L'idea era quella di prelevare la ragazza presso la facoltà dove lavorava e farsi accompagnare all'appartamento in cui viveva, nella speranza di trovarci rintanato Casabona. Non avevano nessuna certezza di sorprenderlo lì, ma era un tentativo che andava fatto prima di rientrare a Firenze a mani vuote.

Durante il tragitto in macchina, Balsamo ne approfittò per fare qualche domanda al suo collega. Curiosità che gli giravano in testa da quando aveva ricevuto dal suo capo l'incarico di occuparsi della faccenda mettendosi a disposizione della squadra Criminalpol di Firenze.

«Mauro, ma stu' Casabona, veramente ha fatt' quello che si dice? Io non ci ho mai avuto a che fare, ma chi lo ha conosciuto dice che è un collega in gamba e una persona seria. Ne parlano tutti bene. È mai possibile che per la gelosia ha perso la testa fino a questo punto?»

Crisanti, che sedeva al posto del passeggero, rispose distrattamente, continuando a guardare la strada dal finestrino.

«Che ti devo dire? Può essere? Non può essere? E che ne so io? Tu lo sai come funziona. Ci dicono quello che dobbiamo fare e lo facciamo. Quello che pensiamo ce lo teniamo per noi, tanto non serve a niente. Ti comprometti e basta.»

Balsamo insistette.

«Allora, come dici tu, se finisci nel mirino dei magistrati non ti puoi aspettare un aiuto da nessuno, anche se sei innocente? Basta che chi sta sopra decida che sei una carogna e tutti si devono adeguare? Quello che hai fatto prima non conta più nulla?»

Crisanti non rispose. Balsamo continuò a parlare da solo.

«Finisce che fai anche contento qualcuno perché gli hai liberato un posto a cui teneva, oppure perché ha un concorrente in meno per un incarico a cui ambiva. Questa è l'apoteosi del conformismo impastato con il cinismo. È proprio 'na schifezz'.»

Il collega si girò verso di lui, che era seduto dietro, e gli indirizzò uno sguardo che univa compassione, per l'ingenuità che stava manifestando con i suoi commenti, e disappunto, per il modo poco accorto di affrontare determinati argomenti sui quali sarebbe stato meglio non scherzare.

Il commissario Balsamo capì e rientrò nei ranghi. All'improvviso si ricordò degli insegnamenti che impartivano in Accademia: "Imparate che, quando fate parte di uno schieramento, dovete essere sempre allineati e coperti" dicevano. Nel senso che di ogni riga e di ogni colonna si deve vedere solo il primo, gli altri devono stare tutti in linea, nascosti dietro. Invisibili e muti.

D'altronde funziona così per ogni organizzazione strutturata gerarchicamente. Che sia lecita o illecita. Che sia la Chiesa o la mafia. È chi comanda che decide la linea. Stabilisce quando una cosa è giusta e quando è sbagliata, decide chi è bravo e deve far carriera e chi è stupido, chi fa bene e chi sbaglia, chi è innocente e merita di essere difeso e chi può essere lasciato in balìa del suo destino. Se la musica non ti piace sei fuori dal coro. Prendere o lasciare.

Casabona era sempre stato ai margini rispetto al cuore pulsante dell'organizzazione. Pensava con la sua testa e, cosa ancora più grave, diceva ciò che pensava. Anche perché, fino a quel momento era vissuto nell'errata convinzione che ciò che contava era far bene il proprio lavoro. Ma ora stava scoprendo che non era così. Fare il proprio dovere, da solo, non basta. Anzi, spesso i successi professionali possono attirare antipatie e invidie. Ciò che conta veramente sono le relazioni interpersonali, i contatti che si riescono a gestire sul mercato quotidiano dei favori fatti e dei favori ricevuti. Qualcuno l'ha anche studiata questa particolare competenza, definendola intelligenza emotiva.

Arrivati nei pressi dell'Università, Crisanti e Balsamo decisero di andare da soli a cercare Chiara. Non era il caso di creare allarme all'interno del campus. Le forze dell'ordine non sono ben viste negli ambienti universitari. È dai tempi delle prime proteste del '68 che le organizzazioni studentesche hanno sviluppato una forma di avversità nei confronti di quelli che sono considerati gli apparati repressivi dello Stato, e da allora l'hanno mantenuta. Una presenza visibile e non giustificata desta preoccupazione e può essere considerata una forma di provocazione.

La rintracciarono nel corridoio della Facoltà di Psicologia. Stava parlando al telefono. Si accorse subito di loro e chiuse in modo sbrigativo la conversazione.

I due non fecero nemmeno in tempo a presentarsi.

«Cercate mio padre, immagino?»

Crisanti annuì.

«Non è qui. Non lo vedo da una settimana e non lo sento da ieri.»

«Allora perché ha subito pensato che lo stessimo cercando?» chiese Balsamo.

«Ho appena finito di parlare con mia madre. L'hanno chiamata in questura per interrogarla e le hanno detto tutto. Non è possibile. Mio padre non può aver fatto una cosa del genere» rispose Chiara. Poi aggiunse, con una durezza che lasciava trasparire disprezzo: «Non è quel tipo di persona e voi dovreste saperlo se siete veramente suoi colleghi».

«Noi facciamo il nostro lavoro, signorina» commentò Crisanti con altrettanto astio.

«Ottimo. Allora, se fate bene il vostro mestiere, dovreste sapere che mio padre ha gestito in modo civile la fine del rapporto con mia madre. E che, già da un mese, frequenta un'altra persona. Un rigurgito di gelosia, che possa averlo portato addirittura a commettere un omicidio, non ha nessun fondamento.»

«E chi lo può dire? La mente umana spesso è imperscrutabile. Lei lo dovrebbe sapere, vista la materia di cui si occupa» replicò Crisanti con freddezza.

Chiara si rese conto che il collega di suo padre non gli avrebbe riservato alcun trattamento di favore, né avrebbe mai mostrato comprensione nei suoi confronti, così tagliò corto.

«Bene. Allora ditemi, come vi posso aiutare?»

Balsamo si era fatto da parte. Non se la sentiva di assecondare l'atteggiamento del collega. Così fu Crisanti a continuare la conversazione nello stile avuto fino a quel momento.

«Dicendoci dove possiamo trovare suo padre.»

«Come le ho detto: non lo vedo da una settimana e non lo sento da ieri. Quindi, non ne ho la minima idea.»

«Dove potrebbe essere andato secondo lei?»

«Cosa vuole che le dica? Come posso prevedere le decisioni di una mente umana che, come dice lei, spesso è imperscrutabile?»

Crisanti cominciò a manifestare segni di insofferenza. L'operazione che gli era stata affidata si stava dimostrando un fallimento. Prima o poi sarebbe stato chiamato a risponderne, quindi aveva perso del tutto quel briciolo di senso dell'umorismo di cui era dotato.

«Signorina, non siamo venuti qui per scherzare. Prenda le sue cose e ci accompagni a casa sua.»

Chiara non fu per nulla intimorita da quell'atteggiamento. Anzi, ne trasse soddisfazione e continuò sulla stessa linea.

«Signori, con tutto il rispetto, a casa mia non entrate se prima non mi fate vedere un decreto di perquisizione firmato da un magistrato. Funzionano ancora così le cose in Italia, o sbaglio?»

Il commissario Balsamo si rese conto che il collega si era infilato in una strada senza uscita, quindi decise di riportare un minimo di buon senso nella faccenda.

«Chiara, si tratta di una formalità. Se veramente tuo padre non c'è, ci fai dare un'occhiata e noi ce ne andiamo. La cosa si risolve in pochi minuti. Altrimenti dobbiamo trattenerti finché non troviamo un magistrato che ci firmi un decreto e poi saremmo costretti a fare una vera e propria perquisizione al tuo domicilio. Io capisco quello che stai provando in questo momento e mi auguro di cuore che tuo padre possa venirne fuori nel migliore dei modi, ma cerca di capire anche noi.»

Chiara lanciò uno sguardo sprezzante all'indirizzo di Crisanti. Poi gli voltò le spalle rivolgendosi al suo collega.

«Va bene, andiamo. Abito a cinque minuti a piedi da qui.»

12

Non ero sicuro che l'ispettore Sarripoli sapesse veramente dove mi trovavo. Mentre ero in attesa vicino alla finestra non feci altro che pensare che avrei dovuto chiarire meglio questo aspetto. Anche perché, se ci fosse stato un equivoco, avrei avuto non poche difficoltà a ricontattarlo di nuovo. Invece, dopo una decina di minuti, lo vidi arrivare con la sua Punto bianca e fermarsi proprio davanti al cancelletto d'ingresso del terratetto. Salutai Barbara e lo raggiunsi.

Vista l'ora, convenimmo che non era il caso di fermarci in luoghi appartati per parlare, come avevamo fatto in mattinata. Preferimmo fare un giro nella zona periferica della città. Con quel freddo non c'era quasi nessuno per strada.

Ero ansioso di avere notizie aggiornate, così andai subito al dunque.

«Allora, Emilio, hai saputo qualcosa?»

«Quasi tutto quello che c'è da sapere» rispose fiero. Accompagnando l'affermazione con quella linea di sorriso che indossava quando aveva portato a termine un incarico difficile facendo un buon lavoro. La conoscevo bene, quella smorfia disegnata sul volto, che somigliava molto a un'emoticon e che faceva andare in bestia *Ciondolo*, suo acerrimo nemico quando lavoravano insieme alla Mobile.

«E come hai fatto in così breve tempo?»

«Sono stato a pranzo da Fabio Proietti.»

«Non ti sarai esposto troppo?»

«Veramente è stato lui a invitarmi. È passato a prendermi e siamo andati al solito ristorante, da Sandro.»

«Immagino che avrai fatto finta di non sapere nulla.»

«Tranquillo, Tommaso. Io ho fatto finta di non sapere nulla ma, da come si è comportato Fabio, penso non ce ne fosse assolutamente bisogno.»

«In che senso?»

«Ha parlato solo lui. Si faceva domande e risposte. Non l'ho mai visto così loquace, nemmeno sommando i dieci anni passati insieme alla Mobile. Tu lo sai com'è.»

Certo che lo sapevo. L'ispettore Proietti, il mio vice, era sempre stato uno di poche parole. Solo quelle indispensabili e a volte nemmeno quelle se non gliele chiedevi.

«Quindi?»

«Quindi è chiaro che immagina che siamo in contatto. Ha cercato me per parlare con te e farti sapere tutto quello che c'è da sapere.»

Scoprire di non averlo contro e, quindi, di non aver contro la mia squadra mi rincuorò molto. All'improvviso mi sentii meno solo.

«Cosa ti ha detto?»

«Che sei finito in mezzo a una storia di camorra.»

Pensai di non aver capito.

«La camorra?»

«Sì, la camorra.»

«E che c'entro io con la camorra? Saranno anni che non me ne occupo più.»

«L'impianto accusatorio a tuo carico si regge principalmente sulle dichiarazioni di un pentito di camorra, tale Ciro Auriemma. Lo conosci?»

Ci pensai un attimo.

«Il nome non mi dice nulla. Non ho la minima idea di chi sia.»

«È un affiliato al clan Settimio. Un pezzo importante, il capo di una batteria di fuoco.»

Il clan Settimio, invece, me lo ricordavo bene. Avevo indagato su di loro ai tempi della mia permanenza a Napoli. Era uno dei più potenti della Campania. Poteva contare su un centinaio di uomini, tra affiliati e fiancheggiatori. Era attivo in tutti i settori più redditizi della criminalità: droga, estorsioni, appalti pubblici, riciclaggio di rifiuti. Insomma, non si faceva mancare nulla. Godeva anche di appoggi e complicità in varie aree della pubblica amministrazione, comprese le forze dell'ordine. Investiva i proventi delle sue attività criminali al centro nord. Perfino nella provincia di Valdenza aveva messo gli occhi su alcuni alberghi, ma l'operazione era saltata, anche grazie al nostro intervento che aveva portato a un'interdittiva antimafia nei confronti dei prestanome che cercavano di intestarsi le licenze di gestione per conto di alcune società costituite per l'occasione. Il capo indiscusso del clan si chiamava Gaetano Surace, ma era conosciuto da tutti come Gaetano *capa e' fierr*, perché era uno che quando si metteva in testa una cosa non c'era modo di fargli cambiare idea o di farlo desistere. Era latitante da molti anni. Lo cercavamo già all'epoca con scarsi risultati.

«Cosa dice di me questo Ciro Auriemma?» chiesi a Sarripoli.

«È in carcere da circa un mese. È stato arrestato a Firenze, dove si nascondeva. Deve scontare un paio di ergastoli. Dopo il ritrovamento del cadavere del dottor Marco Romoli nei boschi del Mugello, ha chiesto di parlare con i magistrati della Direzione Distrettuale Antimafia dicendo di avere cose importanti da dire su quell'omicidio. Quando lo hanno sentito, ha dichiarato che, poco prima del suo arresto, tu gli avevi chiesto di uccidere Romoli offrendogli in cambio la tua copertura per eventuali investimenti che il clan avrebbe voluto fare a Valdenza. Lui aveva accettato, ma non aveva fatto in tempo a portare a termine l'incarico perché, nel frattempo, era stato arrestato.»

«E i magistrati gli hanno creduto? Avranno cercato qualche riscontro a una cazzata del genere, spero?»

«Secondo loro sì. Hanno accertato che avevi un buon movente per volere la morte di Romoli, cioè la gelosia per la relazione che lui aveva con tua moglie. Hanno scoperto che avevi fatto degli accertamenti su di lui nei nostri archivi elettronici per scoprire dove abitava, che auto utilizzava e altre informazioni sul suo conto.»

«Ma non è vero. Provai a farlo, ma poi mi fermai perché entrasti tu nel mio ufficio.»

«Si vede che l'accesso era già stato registrato.»

«Che altro hanno trovato?»

«Il dottor Romoli è stato ucciso con un colpo di pistola alla nuca. Il proiettile ritrovato è un calibro 38 special e pare che tu possieda un revolver calibro 38 special.»

«Come altre centinaia di migliaia di persone in Italia. E poi?»

«E poi basta.»

«Come basta? Mi vogliono arrestare sulla base delle dichiarazioni di un pezzo di merda che ha ammazzato tante persone, con riscontri così generici? Ma sono impazziti?»

«Hai ragione, Tommaso. È uno schifo, non ci sono altre parole per definirlo. Fabio mi diceva che il problema più grosso nasce dal fatto che questo Ciro Auriemma stava già collaborando con la magistratura e aveva reso dichiarazioni ritenute molto interessanti. Si è accollato anche qualche omicidio per dimostrare la sua buona volontà.»

«E quindi devono credergli per forza anche sul mio conto. In caso contrario, sarebbe considerato inattendibile e dunque perderebbero di valore anche tutte le altre dichiarazioni.»

«Esatto. Anche a costo di trattarti come un criminale incallito. Senza tener conto di chi sei e di quello che hai fatto finora nella tua vita.»

«Anzi, questo gli torna pure comodo. Sono il trofeo da esibire per dare maggiore lustro a tutta l'operazione. Il mio coinvolgimento gli assicurerà le prime pagine dei giornali. Hanno fatto bingo con me. Pubblicità a costo zero.»

«Vorrei darti torto e dirti che stai esagerando, ma mi sa che hai ragione anche questa volta.»

Istintivamente accesi un mezzo toscano, prendendolo dal portasigari in pelle che era rimasto nella tasca del giubbotto, e mi soffermai qualche minuto a pensare. Sarripoli non se la sentì di protestare, anche se gli stavo appestando la macchina. Si limitò ad aprire per metà il suo finestrino. L'aria gelida mi riportò alla realtà. Dopo qualche boccata spensi il sigaro.

«Scusami, Emilio. Sono molto nervoso.»

«Ma figurati… Ora che farai? Come pensi di uscirne?» mi chiese.

«Devo capire perché questo tipo mi vuole rovinare, visto che nemmeno lo conosco. È lì la chiave di tutto. Ci sarà qualcos'altro dietro, vedrai, e io lo devo scoprire, altrimenti non ne verrò fuori. Mi serve un'auto per spostarmi. Domani devo procurarmene una.»

«Prenditi questa» mi disse, con spontaneità. «È messa un po' male a carrozzeria ma ha un motore che è una favola» aggiunse.

Accettai, un po' per necessità e un po' per non offenderlo. Mi fece passare alla guida e lo riaccompagnai a casa. Prima che scendesse gli chiesi di segnarmi su un pezzo di carta il suo numero di cellulare.

Mentre stava aprendo il cancelletto per entrare in casa lo richiamai parlandogli dal finestrino aperto.

«Mi togli una curiosità?»

«Dimmi.»

«Come facevi a sapere che mi trovavo a casa di Barbara?»

«Me lo ha detto Fabio. Ti hanno visto mentre passeggiavi nel parco del Centro di riabilitazione e glielo hanno riferito. Lui se l'è tenuto per sé, ovviamente. Ma ci ha messo poco a capire perché stavi là e dove saresti andato dopo.»

Mi sentii uno stupido per aver pensato di poter passare inosservato. Come un bambino che si copre gli occhi credendo di essersi nascosto alla vista di tutti.

Sarripoli percepì tutto il mio sconforto. Mi appoggiò una mano sulla spalla.

«Andrà tutto bene, Tommaso» mi sussurrò.

«Certo, andrà tutto bene» replicai senza alcuna convinzione.

13

Nel piccolo appartamento dove viveva Chiara a Milano, Casabona non c'era e non c'erano nemmeno tracce del suo passaggio. In compenso, la polizia ferroviaria, dopo aver effettuato un'attenta ricerca all'interno del Frecciarossa proveniente da Roma, dove avrebbe dovuto viaggiare il ricercato, ritrovò il suo cellulare spento.

Il vice questore della Polfer Vittorio Bardi ci tenne a comunicare personalmente la notizia a Crisanti. Gli telefonò davanti ai suoi uomini, per condividere con loro la soddisfazione che stava provando in quel momento.

«Caro collega, abbiamo rinvenuto un telefonino nascosto dietro uno degli estintori collocati negli spazi tra un vagone e l'altro. Era spento e la SIM è intestata a un certo Tommaso Casabona. Ora noi, per carità, non siamo investigatori come voi, siamo degli umili ferrovieri, ma ci permettiamo di azzardare l'ipotesi che la persona che cercate non sia mai salita sul treno per Milano. Anche perché l'avremmo vista scendere. Forse potrebbe essere rimasto a Valdenza sapendo che voi avreste seguito il cellulare intercettato. Che ne dici? È plausibile come ipotesi?»

In sottofondo si sentiva qualche risolino trattenuto a stento dal personale della Polfer che ascoltava. Il capo della Criminalpol di Firenze si limitò a rispondere a denti stretti con un «grazie, collega» e chiuse la conversazione.

Tutto il gruppo rientrò a Firenze per partecipare a una riunione convocata in procura per fare il punto della situazione. Non passarono da Valdenza. Il coinvolgimento degli uomini di Casabona nell'operazione era stato necessario al mattino, quando bisognava entrare in casa del commissario per procedere alla perquisizione e al suo arresto, ma a quel punto, visto come si erano messe le cose, non serviva più. Di certo non ne avrebbero sentito la mancanza, vista la reciproca diffidenza che si era instaurata. In ogni caso, qualora ce ne fosse stato bisogno per compiere attività sul loro territorio, li avrebbero potuti coinvolgere in ogni momento.

La riunione era stata fissata per le diciotto presso la Procura Distrettuale Antimafia di Firenze, al settimo piano di una delle palazzine della cittadella giudiziaria di viale Guidoni, quella che il giornalista Carlo Alberto Marchi ama definire Gotham City.

Il commissario Crisanti si trascinò nell'ufficio del sostituto procuratore Pietro Di Felice con lo stesso stato d'animo di un condannato che si avvia verso il patibolo. Aveva perso tutta la sua verve di brillante funzionario in carriera, era stanco e demoralizzato. In compenso, durante il viaggio di ritorno da Milano, aveva elaborato la sua linea difensiva: dare la colpa ai colleghi della Mobile di Valdenza, arrivando, se fosse stato necessario, a ipotizzare un loro favoreggiamento nella fuga di Casabona. Non lo avrebbe detto esplicitamente, perché non poteva provare ciò che non era vero. Avrebbe usato la vecchia formula: "Non si può escludere che...". Un evergreen che funziona sempre per togliersi dai pasticci scaricando la croce su qualcun altro che non è in condizioni di difendersi. Pratica molto in voga in certi ambienti.

Il dottor Pietro Di Felice era un uomo di poche parole e dall'atteggiamento austero. Capelli bianchi e fisico tarchiato, sempre in giacca scura e cravatta dai colori sobri. Aveva superato i sessant'anni e si era convinto di meritare una procura tutta per sé. Anche in una piccola provincia, purché dalla sua firma sparisse quella parola che lo aveva accompagnato per l'intera carriera e non sopportava più: "sostituto".

L'indagine che stava portando avanti poteva dargli quella visibilità che gli era mancata negli ultimi anni e diventare la carta vincente da giocare per ottenere l'incarico. I tentacoli della camorra sulla ricca Toscana, con la complicità di importanti rappresentanti delle forze dell'ordine per giunta. Era roba che spaccava. Finalmente a Roma si sarebbero accorti di lui.

Seduto dietro la scrivania in mogano, ascoltò impassibile il racconto degli avvenimenti della giornata che gli fece il commissario Crisanti. Non lasciò trapelare nessuna emozione dal suo volto, normalmente impostato su una mimica a metà tra il disgusto e il disprezzo.

Si alzò senza dir nulla avvicinandosi alla finestra che dava su un grande parco pubblico a quell'ora poco frequentato. Rimase qualche minuto a pensare osservando il paesaggio al di là del vetro. Nessuno osò interrompere la sua riflessione. Poi, senza nemmeno girarsi, disse la sua.

«Va bene. Ormai le cose sono andate così. Diciamo che avevamo visto bene. Con la sua fuga, questo commissario Casabona ha dimostrato tutta la sua indole criminale. Un vero servitore dello Stato, in una situazione del genere, si affida al sereno corso della giustizia e ripone fiducia nel lavoro dei magistrati. È di tutta evidenza che lui è ben altra cosa.»

Si girò verso Crisanti in cerca della sua approvazione che non tardò ad arrivare.

«Ha ragione, giudice, è proprio così.»

«Bene. Non posso rimandare oltre la conferenza che avevo già fissato per le dodici di oggi. Si rischierebbe una fuga di notizie incontrollata, considerato anche quanti altri uffici sono stati coinvolti nell'operazione. Andiamo, ci aspettano in sala stampa.»

14

Tornai a casa di Barbara verso le ventuno, a bordo della Punto bianca che mi aveva prestato l'ispettore Sarripoli. A parte la carrozzeria sgangherata e il fatto che, molto probabilmente, non era stata pulita all'interno da quando era uscita dalla fabbrica, almeno sembrava avere un motore affidabile. In ogni caso era sempre meglio che andare a piedi.

Entrai nel vialetto e bussai direttamente al portoncino d'ingresso.

Quando aprì, mi bastò un istante per capire che non era più la stessa persona che avevo lasciato un paio di ore prima. Mi fece passare e chiuse la porta alle mie spalle dando un'occhiata alla strada, come per assicurarsi che nessuno mi avesse visto entrare.

«Che succede?» le chiesi.

«Cosa vuoi che succeda? Niente, a parte il fatto che ho appena saputo dalla TV che nel pomeriggio sono stata a letto con un assassino. Cosa vuoi che sia? Una cosa da niente.»

Quello che temevo potesse accadere da un momento all'altro era avvenuto. Avevano reso pubblica la notizia della mia fuga e le accuse a mio carico. Non mi sorprese più di tanto, in qualche modo mi ero abituato all'idea. Il fatto che Barbara non l'avesse presa bene lo trovavo comprensibile, ma ero convinto di poter rimediare e farmi perdonare.

«Scusami. Te lo avrei detto. Ma non è come dicono loro, non sono un assassino. Non ho fatto nulla, mi hanno incastrato. Sto cercando ancora di capire chi c'è dietro per potermi difendere.»

Reagì con freddezza.

«Non mi interessa.»

«Come non ti interessa?»

«Non voglio essere coinvolta nei tuoi casini, Tommaso. Mi bastano i miei. Dopo averti incontrato pensavo che mi avresti aiutata a ridare un senso alla mia vita ma, a quanto pare, siamo alle solite. Non sono mai stata fortunata con gli uomini.»

Parlava guardandosi intorno e tenendosi a distanza, come se avesse paura di me. Mi avvicinai mettendomi di fronte a lei.

«Barbara, guardami, sono io. Ti sto dicendo che non sono un assassino. Dimostrerò che tutte le accuse contro di me sono false. Devi credermi.»

Volevo essere convincente, ma ottenni l'effetto opposto.

«Non ti avvicinare. Stai lontano da me.»

Il suo comportamento mi stupì ferendomi profondamente.

«Hai paura di me?» le chiesi, non nascondendo la mia delusione.

L'atteggiamento che aveva assunto non cambiò per niente.

«Voglio che tu vada via da casa mia.»

«Barbara, ho bisogno di un appoggio, almeno per questa notte. Non saprei dove altro andare. Sono innocente. Almeno tu, credimi» la implorai.

«Perché vuoi farmi questo?» mi chiese con le lacrime agli occhi.

Solo a quel punto mi resi conto che non mi stava ascoltando. Dopo aver visto il servizio al telegiornale aveva già deciso. Ai suoi occhi non ero più il commissario brillante e affascinante, ma ero diventato un problema di cui liberarsi al più presto. Questo a prescindere dal fatto che fossi innocente o colpevole. In ogni caso sarei stato un problema e lei di problemi non ne voleva.

"Finiti soldi, finito amore" dicevano le ballerine dell'est quando liquidavano chi si illudeva di essere amato fino al punto da lasciare la propria famiglia e di ridursi sul lastrico. Non era proprio la stessa situazione che stavo vivendo io, ma ci si avvicinava molto.

È facile promettersi amore eterno quando tutto va bene e c'è solo da guadagnare in un rapporto. Ma quello non è amore. È una cineseria mal fatta. Un'ignobile contraffazione. L'amore vero è sacrificio, è passione, è condivisione, è lacrime e sangue, è gioia e dolore, è bene e male, è catena e libertà.

Mi specchiai dentro i suoi occhi e vidi un uomo ingenuo e smarrito che meritava solo commiserazione.

Non dissi nulla. Mi girai e andai via.

Entrando in macchina pensai a Francesca. Mai come in quel momento ne sentii la mancanza. Lei non mi avrebbe abbandonato. Si sarebbe sfogata riempendomi di insulti e maledizioni, ma dopo avrebbe detto: "Su, vediamo come fare per uscire da questa situazione". Sì, avrebbe reagito in questo modo, perché lei era così. Ma ora non c'era e non potevo sperare nella sua comprensione, visto di cosa mi accusavano. Dovevo sbrogliarmela da solo e per farlo dovevo andare alla fonte. Là dove tutto era iniziato e dove avevo ancora qualche favore da riscuotere.

IL RITORNO

15

Napoli, ristorante sulla collina di Posillipo

Non ci fu bisogno di girarmi per accorgermi che il vecchio boss stava arrivando. Nel riflesso della vetrata vidi affacciarsi i due guardaspalle che diedero un'occhiata intorno. Si accorsero subito di me, puzzavo di guardia a metri di distanza e loro avevano un fiuto eccezionale per queste cose.

Fecero un cenno verso il corridoio d'ingresso del ristorante ed entrò anche lui. Si scambiarono qualche parola a bassa voce. Il boss mi guardò e disse agli altri che era tutto a posto. Il maître lo riconobbe e gli andò incontro per accompagnarlo in un angolo riservato della sala.

Il tavolo era stato apparecchiato solo per lui. Si tolse il cappotto e lo appoggiò su una delle quattro sedie. Chi mi aveva detto che andava a cena tutte le sere in quel ristorante era ben informato.

Anche io tornai a sedere al mio tavolo, non molto distante dal suo. Nell'attesa avevo già mangiato una pizza e stavo aspettando la fetta di pastiera e il bicchiere di rhum che avevo ordinato.

Ci scambiammo un'occhiata. Lui ordinò una pezzogna

all'acqua pazza. Poi si alzò e si avviò verso il bagno. Lasciai passare qualche secondo e lo raggiunsi.

Non era opportuno parlare davanti a tutti. Non lo era per me, ma non lo era soprattutto per lui. Per uno del *sistema* è sempre sconsigliato avere rapporti riservati con gente delle forze dell'ordine. A meno che non siano nel suo libro paga. Si potrebbe essere sospettati di essere spioni di caserma, informatori. Una cosa del genere può essere utilizzata dai nemici al momento opportuno e fare la differenza tra la vita e la morte.

Don Vincenzo Altieri certe regole le conosceva bene, visto che era arrivato vicino ai settant'anni, passando quasi indenne attraverso le varie guerre di camorra che si erano succedute. A partire da quella tra i cutoliani della Nuova Camorra Organizzata e la Nuova Famiglia. Quasi indenne perché qualche pistolettata se l'era presa e ci aveva rimesso un figlio di venticinque anni, giustiziato dai killer del clan avversario mentre si trovava appartato in auto con la fidanzata, scampata miracolosamente all'agguato.

Fu proprio in quell'occasione che nacque questo strano rapporto tra noi che si può riassumere in una sola parola: rispetto.

Per chi vive in strada il rispetto è tutto. Si ammazza e si viene uccisi per meritarsi il rispetto. Si fanno i soldi, ci si veste con abiti eleganti, si va in giro con macchine costose, si frequentano i locali più esclusivi non per amore della ricchezza ma per avere più rispetto. Si ostentano conoscenze, belle donne e costosi orologi per guadagnare rispetto. Il rispetto è l'apoteosi della forma sulla sostanza. È l'abito che veste il potere. Il rispetto è l'unica cosa che conta veramente, da cui tutto il resto discende. Quando perdi il rispetto non sei più nessuno. Non vali più nulla, né da vivo né da morto.

Il rispetto, per quelli che stavano dalla mia parte, non era legato alla ferocia e alla violenza, come avveniva nel loro mondo. Noi ce lo guadagnavamo osservando le regole, non giocando sporco, non parteggiando per una parte piuttosto che per l'altra, non abusando del nostro ruolo. Potevamo colpire duro, questo non era un problema, ma senza colpi bassi.

Quante volte mi sono sentito dire: "Voi fate il lavoro vostro e noi facciamo il nostro". Perché, nonostante tutto, la supremazia dello Stato non veniva mai messa in discussione. Loro non si sentivano contro lo Stato ma al di fuori dello Stato. Perciò, se incappavano nelle maglie della giustizia e dovevano soggiacere alla forza della legge se ne facevano una ragione. Il carcere era considerato un infortunio sul lavoro, una malattia professionale. Ci poteva stare.

Era una serata di agosto, non saprei dire il giorno. Ricordo solo che faceva caldo, tanto caldo. Non si respirava per l'afa che appiccicava i vestiti addosso. I ragazzi si erano appartati in macchina in una piazzola panoramica nei pressi del lago d'Averna. Erano stati a cena in un ristorante poco distante per festeggiare il loro primo anniversario di fidanzamento. Avevano lasciato i finestrini aperti ma erano talmente presi l'uno dall'altra che non sentirono la moto arrivare. Gli incaricati della missione di morte erano in due. Uno di loro scese e si avvicinò al finestrino del guidatore. Sparò tre colpi al torace del giovane con una pistola semiautomatica. I bossoli furono ritrovati all'interno dell'abitacolo, segno che i proiettili erano stati esplosi a bruciapelo. La vittima soffocò in un rigurgito di sangue e vomito. Si accasciò sul grembo della sua amata e rilasciò l'anima al Signore. Quando lo ritrovammo aveva impresso sul volto tutto lo stupore che un giovane è capace di esprimere davanti alla morte.

Non aveva fatto nulla per meritarsi quella fine. Il padre aveva cercato di tenerlo fuori da quel mondo. Aveva immaginato per lui una vita diversa. Gli studi universitari al nord, la ragazza di buona famiglia. Invece, quella sera, il destino aveva rimesso le cose al loro posto, così come dovevano andare.

Dopo i rilievi della scientifica il corpo del giovane fu portato all'obitorio, a disposizione del medico legale per l'autopsia. Arrivarono i parenti, compreso il padre, accompagnato da altri uomini del clan. Le donne piangevano e urlavano il loro dolore come animali feriti. Gli uomini se ne stavano in disparte, stringendo i pugni e mordendosi le labbra per la rabbia.

Ancora oggi, non ricordo di aver tenuto nessun comportamento particolare nei confronti di don Vincenzo Altieri, il padre del ragazzo. Lo trattai semplicemente con umanità. Mi venne naturale. Anche io ero padre. Questa condizione prevalse su tutto il resto. Non eravamo più lo sbirro e il criminale, il buono e il cattivo. In quel corridoio sotterraneo con le pareti dipinte di bianco e illuminate dalla fredda luce di un neon, ci ritrovammo a essere un padre di fronte a un altro che aveva perso suo figlio, l'offesa più grande che si possa ricevere in vita. Il dolore supremo.

Mi chiese di poterlo baciare prima che il freddo della morte lo irrigidisse del tutto. Voleva conservare il ricordo del suo calore. Non si poteva fare ma io gli dissi di sì e lo accompagnai personalmente assumendomene la responsabilità. Tutto qui.

Restò in preghiera davanti alla salma per non più di cinque minuti. Quando uscimmo, mi strinse la mano e mi disse semplicemente: «Grazie». Poi andò via, seguito da tutti gli altri.

Entrai nel bagno del ristorante. Lui mi stava aspettando. Fuori dalla porta si era piazzato uno dei guardaspalle. Un tipo con una cicatrice che gli partiva dal mento e saliva fino all'orecchio destro. Faceva paura solo a guardarlo. Da quel momento non sarebbe entrato più nessuno a disturbare la nostra conversazione. C'era da starne certi.

«Dottore Casabona, sono anni che non vi fate vedere a Napoli. Come state?» mi chiese con la solita gentilezza di facciata che lo caratterizzava.

«Bene, don Vincenzo. Voi?»

«Non mi posso lamentare. Qualche acciacco di salute, ma l'età è quella che è, ormai vado per i settant'anni.»

«Portati bene» commentai, con sincerità. Nonostante la vita turbolenta che aveva vissuto, il fisico era rimasto asciutto e il portamento fiero ed elegante. Gli occhi azzurri spiccavano per vivacità tra il bianco dei capelli e della barba. Zoppicava leggermente, ma quello era dovuto a un proiettile che lo aveva colpito a una gamba piuttosto che all'età.

«Vi ringrazio, commissario. Siete troppo buono. Ma ditemi, posso fare qualcosa per voi? O siete solo di passaggio?»

«Mi stanno cercando, don Vincenzo. Mi vogliono arrestare per l'omicidio di un medico che lavorava in Toscana.»

Il boss era un uomo di ghiaccio. Sempre misurato nelle sue reazioni. Non si scompose per nulla.

«E chi vi ha fatto questa infamità? Voi non siete il tipo di persona che ammazza la gente. Vi ha cantato qualcuno?»

«Un certo Ciro Auriemma. Si dice che sia del Sistema, sta con i Settimio.»

Si girò verso il lavabo e iniziò a lavarsi le mani continuando a guardarmi nello specchio.

«Andate avanti» mi disse, senza lasciar trasparire nessuna reazione.

«Non so altro. Vorrei capire perché l'ha fatto. Cosa ci sta dietro.»

Prese della carta per asciugarsi le mani.

«Vedrò cosa posso fare. Avete bisogno di un posto dove stare?»

«Vi ringrazio, ma non vi voglio mettere in difficoltà. Una sistemazione sicura ce l'ho già.»

Apprezzò.

«Datemi un po' di tempo e vi farò sapere qualcosa.»

«Vi lascio il mio numero di telefono...»

Mi stoppò con un cenno della mano.

«Non vi preoccupate, quando ho bisogno di parlarvi vi trovo io. Voi guardatevi le spalle, se quella gente vi vuole male vuol dire che siete in pericolo. Se vi cercano per omicidio, non siete più un rappresentante dello Stato, siete passato da quest'altra parte e non avete più la protezione della legge. Ve lo dico con il cuore, voi sapete quanto vi rispetto.»

«Vi ringrazio, don Vincenzo.»

Aveva ragione. Anche se facevo fatica a crederlo, in quel momento ero diventato uno di loro.

16

La squadra mobile di Valdenza si trovava a vivere una situazione che non era per nulla piacevole. Ufficialmente partecipava alle indagini, ma di fatto era stata lasciata fuori dalla porta, non avendo accesso al fascicolo, che rimaneva custodito a Firenze. Le uniche informazioni di cui disponeva erano quelle contenute nella copia dell'ordinanza di applicazione della custodia cautelare in carcere, che era stata depositata a disposizione della questura di Valdenza. Erano consci di essere ritenuti inaffidabili dai colleghi del capoluogo, ma sapevano anche che dovevano fare qualcosa per non essere chiamati a rispondere di comportamenti omissivi. Cosa che poteva avere non solo rilevanza disciplinare ma anche penale. Certo, avevano cercato Casabona nella sua casa al mare e interrogato la moglie, ma non potevano fermarsi e aspettare il corso degli eventi. Anche perché Crisanti continuava a chiedere cosa stessero facendo. Così decisero di perquisire l'abitazione di Barbara Melani, facendo finta di essersi accorti solo in quei giorni della relazione tra lei e il commissario ricercato.

*Se ne occuparono l'ispettore Proietti, il sovrintendete Bini, l'assistente Giordano (*Ciondolo*) e, siccome si trattava di una perquisizione che vedeva coinvolta una donna, la sovrintendente Michela Paolozzi.*

Il gruppo arrivò alle sette e mezzo del mattino: un orario "comodo" per una perquisizione, che normalmente si effettua intorno alle sei. L'appuntamento in ufficio era stato fissato proprio per quell'ora ma poi, trova il fascicolo, fai le copie, sistema l'auto, fai colazione con cappuccino e cornetto, trova la strada, giocoforza si era fatto tardi.

Parcheggiarono l'auto di servizio e si presentarono tutti e quattro davanti al cancelletto d'ingresso. Suonarono il campanello come se fossero stati postini incaricati di consegnare una raccomandata.

La signora Melani si stava preparando per andare al lavoro. Si affacciò dal portoncino d'ingresso mettendo solo la testa fuori.

«Siamo della polizia, signora. Abbiamo bisogno di parlare con lei. Possiamo entrare?» chiese Proietti.

«Mi date un secondo? Vado a mettermi qualcosa addosso» chiese la donna.

L'ispettore guardò gli altri. Nessuno disse nulla, perciò rispose lui.

«Va bene, non ci metta troppo però.»

Il gruppo di investigatori stava dando il peggio di sé. Se qualcuno li avesse ripresi, quelle immagini si sarebbero potute usare nelle scuole di polizia per insegnare come non si fa una perquisizione domiciliare e mostrare agli allievi tutti gli errori che si possono commettere. A parte l'ora tarda, non era stato inviato nessuno sul retro dell'abitazione, non si erano avvicinati al portoncino in modo da entrare alla minima apertura, avevano concesso del tempo a chi si trovava all'interno della casa. Ma, quella mattina e solo quella mattina, alla Mobile di Valdenza girava così.

Dopo qualche minuto, riapparve Barbara Melani con indosso dei jeans e un maglioncino bordeaux. Andò loro incontro, aprì il cancelletto che dava sul cortile e li accompagnò in casa facendoli accomodare.

L'ispettore Proietti si sedette, appoggiò la cartellina che aveva in mano sul tavolo e aprì bocca per iniziare a spiegare il motivo della visita. Non riuscì a emettere nessun suono. La padrona di casa non gliene diede il tempo.

«È stato qui un paio di giorni fa. Facevo il turno di mattina, al ritorno dal lavoro me lo sono trovato seduto sulla sedia di vimini fuori della porta ad aspettarmi. L'ho fatto entrare e abbiamo passato il pomeriggio insieme.»

Proietti annuì. «Continui.»

«Mi creda, non sapevo che lo stavate cercando. Lui non mi ha detto nulla. L'ho scoperto in serata, quando hanno dato la notizia al telegiornale» affermò la donna, sforzandosi di apparire il più convincente possibile.

«E lui come ha reagito quando ha visto il servizio in TV?»

«Non c'era. È uscito verso le diciannove ed è tornato un paio di ore dopo. Mi ha detto che doveva incontrare un amico.»

«E poi?» chiese ancora l'ispettore.

«È rientrato verso le ventuno. Negli ultimi tempi, il mercoledì resta a dormire da me perché il giorno dopo ho la mattina libera. Io, però, l'ho mandato via. Gli ho detto che non volevo problemi e gli ho consigliato di andare a costituirsi.»

Ciondolo scambiò un'occhiata d'intesa con Michela Paolozzi, che era rimasta con lui vicino alla porta, e commentò a bassa voce: «Ah, l'amore». La sovrintendente gli diede una gomitata nel fianco per zittirlo: «Cretino».

Barbara Melani pensò di anticipare una domanda che nessuno si sarebbe sognato di farle: «Non vi ho chiamati prima perché volevo restare fuori da questa storia. Sono uscita da poco da *una situazione incasinata con un uomo che mi ha creato tanti problemi. Non volevo infilarmi in altri guai».*

Proietti la rassicurò.

«Non si preoccupi signora, capiamo le sue difficoltà. Ora daremo un'occhiata alla casa e poi la porteremo con noi in ufficio.»

L'ultima parte della frase generò una certa apprensione nella donna.

«Ma io devo andare al lavoro.»

«È solo una formalità. Si tratta di firmare il verbale di perquisizione e mettere per iscritto le cose che ci siamo detti. Si finisce presto. Mi tolga solo una curiosità.»

«Dica.»

«Per caso le ha detto dove andava quando si è assentato per un paio d'ore?»

«Ha detto solo che doveva vedere un amico e che non avrebbe cenato con me. L'ho sentito che parlava al telefono nel bagno poco prima di uscire. Probabilmente con qualche collega, perché sentivo parlare di questori... centralini... ma non saprei dire altro.»

«Bene, signora Melani, possiamo andare.»

L'ispettore Proietti si avviò verso la porta.

«Però, se vi può essere utile, quando l'ho mandato via di casa, ho dato un'occhiata dalla finestra. È salito su una macchina bianca che era parcheggiata qui davanti, si è messo alla guida e se n'è andato. Credo fosse solo, perché ha aperto lui la portiera, con le chiavi che aveva in tasca» aggiunse la donna.

Proietti e gli altri si girarono a guardarla.

«Ha visto il numero di targa o si ricorda qualche particolare della targa? Ci pensi bene» chiese l'ispettore.

Mentre Barbara Melani rifletteva, il nervosismo degli altri traspariva dalle occhiate che si stavano scambiando. Tutti ave-

vano capito di chi fosse quell'auto ma nessuno lo avrebbe mai detto, nemmeno Ciondolo, *che non sopportava l'ispettore Sarripoli. Per non mettere in difficoltà il suo proprietario e per non compromettere la fuga di Casabona. La risposta della donna, però, li avrebbe potuti obbligare a procedere.*

«No. La targa non ho fatto in tempo a vederla. Era buio. E della macchina mi ricordo solo che era bianca. Un'utilitaria... una Punto, forse. Ma non saprei dire di più.»

Il gruppo tirò un sospiro di sollievo.

«Non importa, signora. La ringraziamo lo stesso, il suo contributo è stato molto prezioso» concluse Proietti.

17

A Napoli, trovai appoggio da una mia vecchia conoscenza, l'ispettore Giovanni Luongo. Avevamo lavorato insieme quando ero in servizio in quella città. Da qualche anno si trovava in quiescenza per raggiunti limiti di età. La cosa, in parte, mi sollevava da sensi di colpa nei suoi confronti. Non essendo più un ufficiale di polizia giudiziaria, non era tenuto ad arrestarmi e, quindi, non era perseguibile per omissione di atti d'ufficio. Restava sempre il favoreggiamento personale, ma lui non era il tipo da farsi questo tipo di problemi.

Fisico minuto con *aplomb* da nobile decaduto, sempre calmo, anche nelle situazioni più complicate, aveva passato l'intera carriera alla squadra mobile di Napoli. Chiamava tutti "collega". Non solo i poliziotti della questura ma anche il barista, i parcheggiatori, le persone che venivano a sporgere denuncia e persino gli arrestati. Lo faceva perché era convinto che, per quanto gli uomini possano essere diversi tra loro, c'è sempre qualcosa che li accomuna, che li unisce. Collega poliziotto, collega napoletano, collega lavoratore, in ultima analisi collega essere umano. Per tutto un insieme di motivi, era una persona di cui mi potevo fidare.

Giovanni viveva in un appartamento vicino alla "fenestella" di Marechiaro, uno dei luoghi più suggestivi e romantici di Napoli. Dopo la morte dell'anziana madre e il matrimonio della sorella era rimasto da solo. Anche per questo motivo fu molto contento di ospitarmi a casa sua.

Riuscii a dormire otto ore di seguito. Mi sentivo al sicuro. Fui svegliato dal rumore della serratura del portoncino d'ingresso che si apriva: era lui che tornava dal giro che faceva ogni mattina nel quartiere. Era stato in pescheria, dove aveva comprato dei cannolicchi, dal panettiere e in pasticceria.

Mi alzai dal letto per raggiungerlo in cucina.

«Ben svegliato, dottore caro. Avete riposato bene?»

«Benissimo Giovanni, ti ringrazio.»

«E di che? È un piacere per me avervi qua. Sto sempre da solo, un poco di compagnia mi fa bene. Voi lo sapete che vi ho sempre stimato. Ora metto a fare il caffè, così ci mangiamo queste belle sfogliatelle» disse, aprendo il piccolo vassoio di cartone che aveva appoggiato sul tavolo. L'inconfondibile profumo di cannella, vaniglia e arancia si sparse per tutta la stanza. Poi aggiunse, con la sua inconfondibile voce roca da cantante soul: «O verament', io non le potrei mangiare. Con la vecchiaia mi si è alzato il diabete. Però, come si dice in questi casi? Ma che me ne fott'? Di qualcosa s'adda murì».

Era da tempo che non la sentivo pronunciata così bene quella frase: «Ma che me ne fott'?». All'apparenza, potrebbe sembrare la più alta affermazione del menefreghismo e dell'irresponsabilità, soprattutto agli occhi di chi non è di Napoli. In realtà, si tratta di uno dei pilastri della filosofia e della saggezza napoletana. La reazione più nobile e profonda che un uomo possa avere di fronte all'ineluttabile. Non è una resa, ma il ridimensionamento di un problema che vorrebbe apparire insormontabile, in modo da poterlo aggirare senza restarne schiacciati.

Se tutti, in situazioni di stress, di conflitto o di tensione, imparassero a dire «Ma che me ne fott'?», a girarsi e andarsene da un'altra parte, molti drammi potrebbero essere evitati.

Quando fu pronto il caffè, preparato rigorosamente con la moka, ci sedemmo a fare colazione.

«Come vanno le cose qua?» gli chiesi.

Giovanni ne approfittò per aggiornarmi sull'evoluzione della criminalità a Napoli.

«E come devono andare, dottore mio. Per quello che riguarda il lavoro nostro, sempre la stessa chiavica, se non peggio. Io da un po' di tempo sto fuori dal giro, però, ogni tanto, vado a trovare i colleghi in questura e facciamo due chiacchiere. La città cerca di risorgere, ma il problema restano le periferie. Nelle zone di Scampia e Secondigliano ogni tanto parte una guerra e fann' decine e muort'. Ormai si contano a blocchi: la prima faida di Scampia, la seconda faida di Scampia, la terza faida di Scampia. Pure a Forcella, a Sanità, ai Quartieri ogni tanto sparano. Stann' tanti muccusielli che girano armati. Fann 'e stese e spesso ci va di mezzo qualcuno che non c'entra nulla. Però, a verità, rispetto ai tempi nostri la città è migliorata. Hanno sistemato il centro storico, via Caracciolo, Mergellina. Almeno si vedono pure le cose belle. Vengono tanti turisti. L'hanno capito che ne vale la pena.»

Dal modo in cui parlò, emergeva forte il sentimento che lo legava a Napoli. Quella miscela di amore e rabbia che alberga nel cuore della maggioranza dei napoletani onesti, costretti spesso a tamponare le ferite prodotte da un manipolo di criminali che non trova pace.

«Se mi posso permettere, ora che programmi avete? Non per farmi i fatti vostri, dottò, ci mancherebbe. Solo per organizzarmi. Ho preso dei cannolicchi freschi freschi. Ci vorrei fare le linguine per pranzo. Vi piacciono?»

«Ci vado pazzo, Giovanni. Procedi pure, io impegni non ne ho. Devo solo aspettare che mi facciano sapere qualcosa.»

«State tranquillo. Altieri è uno della vecchia guardia. Certamente non lo faranno santo, ma nella schifezza è quello che puzza di meno. Ragiona ancora secondo la vecchia mentalità: se una situazione si può appianare senza fare uscire il sangue è meglio per tutti. Lui ha cercato di tenersi fuori il più possibile dalle guerre. Soprattutto dopo che gli ammazzarono il figlio. Quando gliela proposero, accettò la pace. Si mangiò il fegato, ma fece la scelta più intelligente.»

«E di quegli altri, i Settimio, che mi dici?»

«Stanno a un livello superiore, dottò. Sono i veri vincenti. Hanno fatto i soldi con i palazzi e la monnezza. Ora non si sporcano le mani con le piazze di spaccio. Fanno solo grossi traffici. Sono alleati con i calabresi e hanno contatti diretti con i broker in Sud America. Poi investono al Nord. Comprano tutto quello che si può comprare: alberghi, ristoranti, catene di supermercati, sale slot. Usano società intestate a prestanome. Ogni tanto gli fanno qualche sequestro ma lo assorbono bene. Gaetano *capa e' fierr* è latitante da più di venti anni ma i fatti suoi se li sa vedere.»

Me lo ricordavo bene Gaetano Surace. Avevo una sua foto attaccata alla bacheca di sughero che tenevo nell'ufficio di Napoli. L'avevo messa lì per non dimenticarmi mai dei tratti del suo volto, anche se l'immagine era datata. Era stato costituito un gruppo investigativo che si occupava solo di dargli la caccia.

Tutti i suoi familiari erano stati sotto intercettazione per anni, sia telefonicamente che attraverso ambientali piazzate in casa. Ricordo che una volta arrivammo a un passo dalla sua cattura. Doveva partecipare a un summit in una masseria nella periferia nord di Napoli. Circondammo l'area e intervenimmo in massa, anche con l'elicottero e i reparti speciali che si calarono dal cielo. Lui non c'era. All'ultimo momento aveva ricevuto una soffiata e si era fatto sostituire dal suo braccio destro.

Mentre i ricordi su Gaetano *capa e' fierr* riaffioravano nitidi, si ripresentava nella mia testa la domanda che mi stava tormentando da qualche giorno: "Perché uno dei suoi migliori killer ce l'aveva con me?".

18

Negli ultimi giorni, vuoi per la tensione, vuoi per mancanza di buone occasioni, avevo mangiato poco o niente. Per fortuna, le linguine con i cannolicchi cucinate da Giovanni mi riappacificarono con i piaceri della tavola. Non ho mai capito per quale strana magia il sapore del pesce si rinvigorisce quando è cucinato vicino al mare. È come se a ogni piatto si aggiungesse un ingrediente segreto e invisibile capace di esaltare i sapori.

Alla fine del pranzo, il mio amico si congedò per ritirarsi nella sua stanza.

«Con il vostro permesso, me vac' a fà 'na mezz'ora e suonn'» mi annunciò.

Come dirgli di no? La pennichella dopo pranzo faceva parte del rituale della sua giornata da pensionato, scandita da ritmi precisi. D'altronde si svegliava sempre molto presto la mattina e quel recupero di metà giornata gli consentiva di arrivare riposato fino a tarda sera, per potersi dedicare alla sua passione: il gioco.

Era la sua croce e la sua delizia. Il demone contro cui aveva combattuto una vita. Io lo avevo sempre saputo ma non glielo avevo mai fatto pesare, anche perché non era mai diventato un problema per l'ufficio. Il suo lavoro lo faceva e anche molto bene. Il prezzo del suo vizio lo pagava nella vita privata. Infatti, pur non avendo una famiglia da mantenere e disponendo di uno stipendio di tutto rispetto, viveva ancora in affitto e aveva risparmiato poco o nulla nella sua vita. Gli piaceva vivere così. Chi ero io per dirgli che sbagliava? Non ho mai pensato di essere tanto illuminato da sapere quale sia la vita giusta da vivere. Avevo già abbastanza dubbi per la mia, figuriamoci se potevo ritenermi maestro per quella degli altri. Soprattutto in quel momento, visto ciò che mi stava accadendo.

L'ispettore Luongo andò a riposare e io ne approfittai per godermi il paesaggio. Mi affacciai al balcone e accesi un mezzo sigaro toscano. Guardandomi intorno compresi perché Giovanni aveva combattuto e vinto una guerra con il proprietario di casa, durata più di vent'anni, per non essere sfrattato. La vista abbracciava tutto il golfo di Napoli e arrivava ai sensi arricchita dal profumo del mare e dal fragore della risacca.

Sotto di me, a qualche decina di metri sulla destra, c'era la famosa "fenestella" di Marechiaro. Quella che aveva ispirato al poeta e scrittore napoletano Salvatore Di Giacomo la composizione di una delle più celebri canzoni napoletane: *Marechiare*. Si vedeva anche il garofano sul davanzale e la lapide celebrativa in marmo bianco con sopra inciso lo spartito della canzone e il nome dell'autore.

Mi ritornarono alla mente alcuni versi del testo, di cui a volte mi ero appropriato per risolvere un corteggiamento che stava andando troppo per le lunghe. E non credo di essere stato l'unico a farlo.

Chi dice ca li stelle só lucente,
nun sape st'uocchie ca tu tiene 'nfronte!

Sti ddoje stelle li ssaccio i' sulamente:
dint'a lu core ne tengo li ppónte...

Chi dice che le stelle brillano,
non conosce questi occhi che hai in fronte!
Queste due stelle le conosco solo io:
ho le loro punte conficcate nel cuore...

Finito il sigaro rientrai in casa. Dopo qualche minuto, qualcuno bussò al portone. Chiusi la porta della mia stanza e aspettai che si muovesse il proprietario di casa.

Sentii il portoncino d'ingresso aprirsi e, dopo un po', richiudersi. Giovanni venne da me con una busta in mano. Sembrava, al tempo stesso, incredulo e preoccupato.

«Non c'era nessuno fuori. Però hanno lasciato questa busta per terra. Ci sta scritto il nome vostro» mi disse, porgendomela.

Si trattava di una normale busta da lettere bianca. Era indirizzata "al dottore Casabona S.P.M.". Conteneva un biglietto in cartoncino con su scritto, con inchiostro nero e una grafia incerta: "Domani alle 11 al cimitero delle Fontanelle".

19

Il cimitero delle Fontanelle si trova nel cuore del Rione Sanità, uno dei quartieri più antichi di Napoli. A partire dalla peste del 1656, ha accolto le spoglie mortali di centinaia di migliaia di persone. È scavato nella roccia di tufo della collina di Materdei ed è formato da tre grandi navate, come quelle di una basilica. Ai lati di ogni navata sono stati ammucchiati teschi, tibie e femori, come fossero pezzi di un ordinato magazzino. Nella navata dei preti, sono depositati i resti provenienti da chiese e congreghe. La navata degli appestati, quella centrale, accoglie le ossa di quanti morirono nei secoli a causa delle epidemie. Nella navata dei pezzentielli, invece, furono poste le misere ossa della gente povera che non poteva avere degna sepoltura.

Arrivai puntuale all'appuntamento. Don Vincenzo Altieri mi stava aspettando in fondo alla navata dei preti, nella zona che viene chiamata "del Tribunale" perché, secondo antiche dicerie, lì si riunivano i vertici della Bella Società Riformata, la camorra dell'Ottocento, per i giuramenti di sangue e per sentenziare le condanne a morte.

Indossava un cappotto di cashmere blu scuro, con una sciarpa bianca annodata al collo per proteggersi dal freddo e dall'umidità di quel luogo. Sembrava immerso in preghiera davanti a tre grandi croci, erette su altrettanti cumuli di teschi.

Mi affiancai a lui senza dire nulla.

Rimase ancora in silenzio per qualche minuto, poi si accorse della mia presenza e mi rivolse la parola.

«Ah, siete arrivato?»

«Non volevo disturbare la vostra preghiera.»

«Ma quale preghiera? Vi sbagliate, caro dottore. Io non stavo pregando. Stavo bestemmiando» mi disse con un mezzo sorriso sarcastico. «Oggi Antonio mio avrebbe compiuto trentacinque anni. Poteva essere un bravo medico e salvare vite umane, si sarebbe sposato con Adelina sua e avrei avuto anche qualche nipote. Chissà, forse anche uno col mio nome: Vincenzo Altieri. Invece, no. Antonio mio è polvere e non può salvare nessuno. La sua fidanzata si è sposata con un altro e ha fatto bene. E io morirò da solo, senza aver lasciato nulla su questa terra. Come un albero che rinsecchisce senza frutti. Buono solo per far pisciare i cani e accendere il fuoco. Tutto questo perché qualcuno, quella sera, doveva dimostrare al padrone suo che tenev 'e pall. Perché per sparare a un ragazzo innocente e indifeso ci vogliono le palle. Avete capito, dottore? Ci vogliono le palle. Gli avranno detto pure "bravo" al killer e si saranno concessi anche una bevuta per festeggiare il torto fatto a don Vincenzo Altieri. Io lo so come funzionano queste cose. Purtroppo, lo so bene e me lo merito il dolore, ma Antonio mio no. Che aveva fatto per meritarselo?» Fece una pausa. Poi aggiunse, indicando con un movimento del capo le tre croci che aveva davanti: «E questo non dice niente. Tanta gente innocente muore uccisa, per onorare patti che sono iniziati proprio qua sotto. E lui niente. Osserva e tace. Lascia correre, non si vuole intromettere. Si fa i fatti suoi. Allora io, che ormai sono senza salvezza, ogni anno, in questo giorno, glielo vengo a ricordare quanto è uomo di merda. E se l'adda tenè, pecchè accusì è» concluse con rabbia.

Si girò di nuovo verso di me.

«Veniamo a noi. Voi l'avete fatto il militare, dottore?»

«No, sono stato esonerato per il terremoto del 1980. Però ho fatto l'accademia in polizia.»

«Non è la stessa cosa. Voi avete fatto cose interessanti. Eravate sempre impegnato. Quando si faceva il militare, superate le quattro settimane del Centro Addestramento Reclute, dove ti insegnavano qualcosa, dovevi trovare solo come perdere tempo per far passare l'anno. Allora si inventavano cose stupide come il jukebox. Lo sapete cos'era il jukebox?»

Non avevo idea di dove volesse andare a parare, ma pensai che era meglio assecondarlo.

«Certamente. Era quell'apparecchio musicale dove, inserendo una moneta, si sceglieva il disco che si voleva ascoltare.»

«Esatto. Quello, però, era l'originale. Siccome, all'epoca, nelle caserme il juke-box vero non c'era, avevamo trovato una soluzione. Chiudevamo uno degli ultimi arrivati in un armadio, gli dicevamo quale canzone doveva cantare e lui la cantava. E la doveva anche cantare bene, altrimenti la notte erano gavettoni.» Evidentemente stava parlando di cose vissute perché il ricordo lo fece sorridere.

«E quindi, don Vincenzo? Che mi volete dire con questa storia?» tagliai corto.

«All'amico nostro, gli fanno fare il juke-box. Sta chiuso dentro l'armadio e da fuori gli dicono quale canzone deve cantare.»

La metafora fu molto efficace e rendeva bene l'idea.

«Il gettone chi lo mette?» gli chiesi.

«Caro dottore, questo lo dovete scoprire voi. Cercate di capire a chi fanno piacere le canzoni che sta cantando e a chi, invece, danno fastidio. Così vi fate un'idea. Una cosa è sicura: è un uccello che canta in gabbia, il canto non è genuino.»

Aspettai qualche secondo ma non disse più nulla. Allora fui io a interpellarlo.

«Bene. Vi ringrazio, don Vincenzo. Avete altro per me?»

«Questo è, dottore. Che altro volete? Io vi stimo e vi rispetto, ma non vi dimenticate che non giochiamo nella stessa squadra. Vi ho detto pure troppo. Anzi, il fatto che noi ci siamo visti lo sanno solo i morti» concluse, indicando il cumulo di teschi. Poi aggiunse: «Ma quelli non parlano, per fortuna».

C'era una velata minaccia in quella frase, ma lasciai correre. Faceva parte del suo stile e, in quel contesto, ci poteva pure stare. Lo salutai e mi avviai verso l'uscita.

Feci in tempo a fare un paio di passi quando lui richiamò la mia attenzione.

«Scusate, mi stavo dimenticando una cosa.»

Mi riavvicinai a lui.

«Dite.»

«Questo medico che è stato ammazzato forse non era proprio un santo. Era un uomo pure lui e come tutti noi aveva le sue debolezze.»

«Che volete dire?»

«Dottore, vi saluto. È stato un piacere vedervi. Tornate più spesso a Napoli, che vi fa bene. Siete arrivato da due giorni e già avete ripreso colore.»

Si girò e andò via.

20

Tornai a casa dell'ispettore Luongo a Marechiaro, ansioso di dare un senso alle parole sibilline di don Vincenzo Altieri. Per farlo avevo bisogno di analizzare i risultati dell'operazione della Direzione Distrettuale Antimafia di Firenze che, con la solita fantasia che ci distingue, era stata chiamata: "Operazione Argine". Era evidente il riferimento all'obiettivo, forse un tantino ambizioso, di bloccare l'espansione della criminalità organizzata in Toscana.

Chiesi a Giovanni la disponibilità di un computer collegato a Internet. Non avendo una copia dell'ordinanza di custodia cautelare in carcere, dovevo necessariamente affidarmi alle notizie pubblicate dalla stampa reperibili in rete.

«Dottò, il computer ce l'ho. Lo comprai qualche anno fa. Arrivò uno stock di portatili a prezzo buono e ne presi uno. Ora ve lo prendo.»

Scomparve nella sua camera da letto per fare ritorno poco dopo.

Appoggiò il pc portatile sul tavolo del salotto dove ero rimasto ad aspettarlo.

«Prego dottò, fate quello che dovete fare. Senza complimenti, non ci sono cose segrete dentro. L'unica cosa è che io internet non la tengo. Però, se aprite, vedete che ci sta un fogliettino con la password del *uaifai* dell'architetto del piano di sopra.»

Avrei voluto chiedergli come mai usava la password del vicino di casa e come faceva ad averla. Anzi, prima ancora avrei dovuto chiedergli cosa significasse "uno stock di portatili a prezzo buono". Decisi che era meglio soprassedere. Accesi il computer, mi collegai a Internet e diedi inizio alle mie ricerche.

L'Operazione Argine si era conclusa con l'esecuzione di sette ordinanze di custodia cautelare in carcere, il sequestro di una villa, un ristorante e un maneggio situati nella provincia di Firenze. La fase esecutiva era scattata nello stesso momento in cui Mauro Crisanti aveva bussato alla porta di casa mia. Evidentemente, mentre il resto del personale impiegato si dedicava agli altri obiettivi, a lui era stato riservato il boccone del prete, quello più prelibato.

Tolta quella riservata a me, i destinatari delle rimanenti sei custodie cautelari erano Vincenzo Aprea e Aldo Caterino, pluripregiudicati per vari reati e per associazione di tipo mafioso: entrambi già in carcere per scontare l'ergastolo per alcuni omicidi di camorra. Il pentito Ciro Auriemma li aveva chiamati in correità per altri due omicidi di cui si era addossato la responsabilità. Poi, c'era Simone Bongi, il titolare di un night club nella zona di Barberino, il quale avrebbe fornito la copertura logistica e l'esplosivo per un attentato estorsivo ai danni di un cantiere edile a Firenze, gestito da una ditta campana che non voleva pagare il pizzo. A seguire, Hoti Xaier, pregiudicato impiegato come buttafuori nel night club di Simone Bongi, che faceva da autista al pentito Ciro Auriemma durante i suoi raid intimidatori. Ancora, Antonio Pagani, commercialista esperto di acquisizioni di aziende in difficoltà economiche, il quale si sarebbe prestato a varie operazioni di riciclaggio di denaro proveniente da traffici illeciti. Infine, c'era Bruno Lampis, titolare di una ditta di rimessaggio barche e movimentazione container con sede nel porto di Livorno, al servizio del clan in occasione dell'arrivo dei carichi di cocaina. La villa sequestrata era del commercialista Antonio Pagani, mentre il ristorante e il maneggio erano di Simone Bongi.

La gran parte di quei nomi non mi diceva nulla. Trovavo buffa quella cosa. Eravamo tutti in fila, in ordine alfabetico, nella stessa prima pagina dell'ordinanza ma non avevo idea di chi fosse quella gente. Fatta eccezione per il dottor Antonio Pagani. Lui lo conoscevo. Era il commercialista che aveva gestito, dal punto di vista tecnico, la tentata acquisizione degli alberghi in provincia di Valdenza, precisamente a Vettolini. Quella che facemmo saltare riuscendo, con un'ottima attività informativa, a ottenere un'interdittiva antimafia del Prefetto. Ma gli altri, non avevo la minima idea di chi fossero.

Il padrone di casa tornò dalla cucina, dove era andato a preparare la cena.

«Trovato qualcosa di utile?» mi domandò.

Gli feci vedere la lista che mi ero appuntato su un foglio di carta e chiesi cosa ne pensasse.

Storse la bocca.

«Fatemi capire: Ciro Auriemma è un killer che ha ammazzato decine di persone, che fa parte del clan dei Settimio da anni, e confessa solo un paio di omicidi tirando dentro due sciagurati che già stanno scontando l'ergastolo? Senza offesa, dottò, solo a Firenze poteva trovare credito uno così. A Napoli o ittavano ra' fenesta appena apriva la bocca» sentenziò Giovanni. Poi aggiunse: «Dovete vedere gli altri chi sono, quello del night, il commercialista, quello del porto di Livorno, e che hanno fatto per trovarsi rint' a 'sta tarantell'. Solo così ci potete capire qualcosa.»

L'ispettore Luongo, nonostante l'età, aveva conservato la sua capacità di analizzare con lucidità i fatti di camorra. Aveva ragione lui, così come aveva ragione don Vincenzo Altieri: il pentito Ciro Auriemma non si era pentito affatto, continuava ad ammazzare la gente per conto di altri. Solo che prima lo faceva con la pistola, ora aveva imparato a usare l'arma della calunnia.

Nel mirino, insieme a me, c'erano finiti anche altri. Cosa avevano fatto per meritarselo? Rispondere a questa domanda avrebbe sicuramente contribuito a fare chiarezza su tanti altri interrogativi. Ma per farlo avevo bisogno di accedere alle informazioni contenute nelle nostre banche dati. Giovanni non mi poteva essere d'aiuto in questo, era fuori dal nostro mondo da anni ormai.

Non avevo altra scelta, dovevo tornare a Valdenza e lì cercare di dare un senso alle tracce che avevo raccolto. L'ispettore Sarripoli sicuramente mi avrebbe aiutato a farlo.

IL RISCATTO

21

La notizia del coinvolgimento di Casabona in un'indagine di criminalità organizzata, con un'accusa così grave come l'omicidio del dottor Marco Romoli, scosse la città.

Valdenza non era abituata a fatti del genere. Era una cittadina dove prevaleva ancora una dimensione etica nella vita di comunità. Le istituzioni non venivano mai messe in discussione ed erano considerate un punto di riferimento, meritevoli della massima fiducia. Un colpo del genere rischiava di compromettere seriamente questo delicato equilibrio.

Anche la questura sembrava essere stata colpita da un terremoto. Il personale si era diviso tra innocentisti e possibilisti, che erano quelli che non se la sentivano di dichiararsi colpevolisti ma ammettevano la possibilità che il commissario potesse non essere innocente.

Ci fu anche una vittima illustre di questo stravolgimento: il questore. Da Roma gli avevano fatto capire che era necessario dare un segnale all'opinione pubblica e che, come capita spesso, avrebbero proceduto alla sua rimozione dall'incarico. Una forma di responsabilità oggettiva in base alla quale paga il vertice, non perché avesse delle colpe proprie, ma per non essersi accorto di quanto stava accadendo.

L'operazione che si apprestavano a compiere non l'avevano prospettata in modo brutale. Gli avevano detto: «Ci dispiace, è una cosa che dobbiamo fare; arriveranno interrogazioni parlamentari, la stampa ci attaccherà. Dobbiamo giocare d'anticipo... ma non ti preoccupare, ti teniamo a disposizione per qualche mese all'ufficio ispettivo e poi, appena si saranno calmate le acque, ti daremo un altro incarico migliore di quello che ti accingi a lasciare».

Il questore non stette al gioco. Non credeva nella colpevolezza di Casabona. Aveva letto l'ordinanza applicativa delle misure cautelari richieste dalla Direzione Distrettuale Antimafia di Firenze e aveva trovato molto debole l'impianto accusatorio a carico del commissario, basato esclusivamente sulle dichiarazioni di un pentito, la cui attendibilità era tutta da dimostrare. I riscontri erano pochi e il movente dell'omicidio, seppur astrattamente valido, doveva essere ancora provato.

Nonostante tutto, Roma non sembrava molto interessata ad approfondire la situazione. Anzi, non vedeva l'ora di tirarsi fuori dall'imbarazzo nel modo più antico conosciuto: lavandosene le mani.

Allora il questore, che aveva accumulato una consistente anzianità di servizio, dopo aver cercato di farli ragionare, respinse la loro offerta e fece una cosa che aveva sognato di fare tante volte nel corso della sua brillante carriera: li mandò tutti a quel paese e se ne andò in pensione, pronunciando una frase, in dialetto siciliano, destinata a riecheggiare nel tempo: La polizia finiu.

Per questo motivo, a presiedere la riunione che si tenne in questura a Valdenza per fare il punto della situazione e stabilire la strategia comunicativa per uscire dalla fase critica, c'era un nuovo questore. Giovane, al suo primo incarico, proveniente di-

rettamente da Roma e con una caratteristica fondamentale: non era stato contaminato da precedenti esperienze nel settore della polizia giudiziaria. Aveva fatto vari passaggi professionali prima di essere promosso, ma mai in una squadra mobile. Questo lo rendeva più distaccato dal punto di vista emotivo rispetto alla problematica che doveva affrontare.

La squadra mobile, e la polizia giudiziaria in genere, sono un mondo particolare. Dall'esterno appare chiuso e misterioso per gli altri poliziotti della questura, per via della necessaria riservatezza delle indagini. Chi ne fa parte, vivendo in questa forma di isolamento forzato, sviluppa un senso di appartenenza al gruppo molto forte, che conserva anche quando va via. Una volta acquisita, non ci si allontana mai del tutto da quella mentalità. Forse era stato proprio questo troppo amore a condizionare il questore precedente; con quello nuovo non si voleva correre lo stesso rischio.

Oltre al questore appena nominato, erano presenti il commissario Crisanti, il capo di gabinetto della questura di Valdenza, che era anche il responsabile della comunicazione esterna, e l'ispettore Proietti, che dirigeva la squadra mobile di Valdenza in assenza di Casabona.

Sedevano tutti intorno al grande tavolo in noce al centro della sala riunioni, al secondo piano dell'antico palazzo che ospitava gli uffici della questura.

Il padrone di casa ascoltò con attenzione l'aggiornamento degli investigatori fiorentini sullo stato delle indagini. Poi, tirò le conclusioni, così come gli era stato detto di fare da Roma.

«Bene. Sulla base di quello che mi avete appena riferito, la fase investigativa si può ritenere conclusa. Almeno per quanto riguarda l'attività della polizia giudiziaria. Ora resta tutto in

mano al pubblico ministero e al giudice per le indagini preliminari: interrogatori, convalide dei sequestri e tutte le altre attività connesse. Noi possiamo anche abbassare il profilo. Anzi, dobbiamo abbassare il profilo.»

Crisanti voleva aggiungere qualcosa, ma fece solo in tempo a dire: «Resta da trovare...».

«Lo so chi resta da trovare e prima o poi si troverà. Ma noi non possiamo continuare a tenere accesi i riflettori della stampa su di lui. Perché è uno di noi, porta la nostra stessa uniforme. La gente non capisce, fa fatica a distinguere. In questo modo ci facciamo del male da soli. La nostra immagine, come istituzione, ne ha risentito e continua a pagare un prezzo, in termini di gradimento, per tutto questo clamore. È arrivato il momento di abbassare i toni. Bisogna superare questa storia e lasciarsela alle spalle. Questo non significa che dobbiamo smettere di cercarlo. Lo cercheremo, ma abbiamo anche altro da fare. Andiamo avanti e facciamo in modo che la gente possa dimenticare. Nell'interesse della polizia di Stato.»

Non furono ammesse repliche. Il discorso si chiudeva lì, senza che Casabona fosse stato mai nominato. A ulteriore conferma che la cosa migliore da fare era dimenticarsi di lui.

Prima di salutare e andare via, il nuovo questore si rivolse al capo di gabinetto: «Tutto chiaro?».

«Tutto chiaro, capo» rispose il vice questore, alzandosi in piedi come forma di rispetto. Cosa che fecero anche gli altri.

22

Passato qualche giorno dalla conferenza stampa, si verificò il consueto calo di tensione che accompagna la fase finale di ogni operazione di polizia giudiziaria.

Li conosco bene quei momenti, per qualche verso molto simili a quelli che seguono un orgasmo. La tensione accumulata in mesi di indagini si placa e la fatica si stempera nella gratificazione del risultato. Dopo aver consegnato tutte le carte in tribunale e raccolto la rassegna stampa a futura memoria, inizia una specie di periodo refrattario. Si sente il bisogno di passare oltre. All'improvviso, ciò che era stato d'importanza fondamentale e che ti aveva tenuto concentrato sull'obiettivo perde d'interesse. Anche le esigenze di riservatezza si allentano. Ormai tutto è di pubblico dominio. Chi se ne frega.

Proprio per questo motivo, una volta rientrato a Valdenza, ebbi la possibilità di leggere gli atti dell'indagine che mi riguardava. Una copia del fascicolo era finalmente arrivata in questura. Successivamente, l'ispettore Sarripoli, grazie a una provvidenziale quanto strana "distrazione" del mio vice Proietti, era riuscito a duplicarla.

Durante la mia assenza, Emilio aveva fatto anche di più: mi aveva trovato un posto sicuro dove poter stare. Non era cosa da poco, visto che ero ancora un ricercato, soprattutto in quella provincia.

Si trattava di un alloggio destinato ai ferrovieri in una delle stazioni dismesse della vecchia linea che collega Valdenza a Bologna. Una ferrovia a binario unico che attraversa gli Appennini, chiamata Porrettana. Opera di enorme portata ingegneristica, quando fu realizzata nella seconda metà dell'Ottocento, ma sempre meno utilizzata con l'avvento delle locomotive elettriche.

La stazione serviva un piccolo borgo di montagna che, nel tempo, aveva visto diminuire drasticamente i suoi abitanti. L'alloggio era spartano: una stanza da letto, il bagno e una piccola cucina. Risentiva dell'abbandono degli ultimi anni ma, come rifugio, era ideale. Disponeva ancora dell'allacciamento della corrente elettrica e dell'acqua, per quanto uscisse di colore giallastro dalle tubature arrugginite. Sarripoli aveva rimediato una stufetta, una coperta, lenzuola e qualcosa da mangiare. Vista la situazione, mi potevo accontentare.

Ci arrivai in serata e passai la notte a studiare i documenti che mi aveva fatto trovare il mio amico, a iniziare dal verbale del sopralluogo effettuato dalla polizia scientifica in occasione del ritrovamento del cadavere del dottor Marco Romoli.

Il tavolo era illuminato dalla luce fioca di una vecchia lampadina al tungsteno. Finestre e persiane erano chiuse. Il silenzio veniva attraversato dai rumori del bosco circostante: rami spostati dal vento, versi e passi di animali, che all'inizio mi fecero sobbalzare, finché non mi abituai.

Osservando le foto scattate sulla scena del crimine mi resi conto che il povero Romoli aveva fatto una brutta fine. Più lenta e dolorosa di quella che gli avevo augurato io dopo che Francesca mi aveva comunicato di voler andare a vivere con lui.

Il suo corpo era stato rinvenuto da un pescatore nei pressi del lago di Bilancino, un invaso artificiale situato nel Mugello. La morte risaliva a qualche giorno prima, ma le rigide temperature del periodo avevano rallentato i processi decompostivi.

Come mi avevano detto, presentava una ferita da arma da fuoco alla nuca che ne aveva causato la morte, ma si trattava solo del colpo di grazia. Il cadavere era disteso sul terreno con gli arti inferiori scomposti e questo era dovuto al fatto che gli avevano sparato alle ginocchia, spaccandogli entrambe le rotule. Aveva segni di percosse sul volto, il setto nasale rotto, il labbro superiore lacerato e alcuni denti mancanti. Non era stata un'esecuzione. Si erano accaniti con ferocia su di lui prima di lasciarlo andare all'altro mondo. Chi aveva fatto una cosa del genere doveva odiarlo molto più di me.

Era vestito in giacca e cravatta e aveva con sé tutti gli effetti personali: orologio al polso, un bracciale, una catenina, portafoglio contenente denaro e documenti. Non era stato portato via nulla; anche questo significava qualcosa.

La sua auto, una BMW serie 3 bianca, era stata trovata sulla strada principale, a un paio di chilometri di distanza. Era aperta e con le chiavi ancora inserite nel cruscotto. Era leggermente incidentata davanti, come se avesse tamponato un altro veicolo che si era fermato all'improvviso senza darle il tempo di frenare. Le foto della Scientifica mostravano alcuni frammenti rinvenuti sull'asfalto del fanale posteriore sinistro dell'altra auto coinvolta nell'incidente. La loro grandezza, però, non era tale da consentire di risalire al modello del veicolo. Visti i segni di vernice sul paraurti della BMW, si poteva solo dedurre che la macchina fosse di colore nero.

Che ci faceva Romoli lì a quell'ora? Era di passaggio per tornare a Valdenza o doveva vedere qualcuno che lo stava aspettando? "Aveva un appuntamento con la morte?". Giornalisti e scrittori descrivono così questo genere di situazione. Probabilmente sì, ma non si era capito come e quando fosse stato preso questo appuntamento. Il suo cellulare era stato ritrovato in macchina, spento. Dai tabulati non erano emersi contatti sospetti nelle ore precedenti. Se di appuntamento si trattava, era stato fissato molto prima, oppure non tramite una telefonata.

Nell'ordinanza di applicazione della misura cautelare, questo punto era stato argomentato a mio sfavore con una logica che avrebbe fatto invidia a Torquemada: «... *d'altronde, come ci si poteva aspettare che un commissario di polizia, che per anni ha utilizzato ai fini investigativi lo strumento del tabulato telefonico e che, quindi, ben sapeva che dopo il ritrovamento del cadavere del dottor Romoli sarebbe stata la prima cosa a essere esaminata, potesse chiamare la vittima sul suo cellulare?*»

A leggerla così, sembrava addirittura un'affermazione condivisibile. Mi aveva quasi convinto. Soprattutto se messa insieme a quella sul movente che, secondo il giudice che mi voleva in carcere, era insito nella stessa "*dinamica micidiaria*": «*Una tale ferocia, nell'esecuzione dell'atroce delitto, può trovare una spiegazione solo nel profondo disprezzo per la vita del rivale, generato dall'odio assoluto che solo la tempesta passionale indotta dal tradimento della persona amata può provocare*". Se fossimo stati in udienza, un passaggio del genere avrebbe meritato anche l'applauso. Nulla da dire.

A parte un piccolo particolare, che nessuno si era preso la briga di considerare: la sera in cui era avvenuto l'omicidio io mi trovavo a sessanta chilometri di distanza. Ero con Barbara e avevo passato con lei tutta la notte.

Me lo ricordavo bene perché era un mercoledì. Restavo a dormire da lei il mercoledì perché il giovedì aveva la mattina libera. Una cosa così si chiama alibi. È l'incubo di tutti gli investigatori pigri, perché è capace di far saltare i migliori teoremi costruiti a tavolino. Non dico che avrebbero dovuto chiedermelo, prima di lanciarmi addosso un'accusa così grave. Ciò avrebbe comportato il venir meno della riservatezza dell'indagine. Ma almeno un tabulato della mia utenza telefonica avrebbero potuto farlo. Così, dalle celle impegnate, si sarebbero accorti che non mi ero mosso da Valdenza. Ma forse chiedevo troppo.

Ora avrei dovuto esibirlo io, il mio alibi, da indagato. Alla prima occasione possibile.

Mentre ci pensavo mi venne un dubbio: Barbara lo avrebbe confermato? Non ero così sicuro, visto come si era comportata dopo che aveva saputo quello che mi stava capitando. Ci dovevo pensare bene prima di tentare questa strada. Mi si poteva ritorcere contro e farmi apparire come un disperato che prova a strumentalizzare gli affetti per non affondare sotto il peso delle proprie responsabilità.

Era quasi l'alba quando mi addormentai. Lo feci dopo essere arrivato a una conclusione: per uscire da quella situazione dovevo scoprire chi aveva ucciso Marco Romoli e perché.

Indagare è sempre stato il mio mestiere, ma non avrei mai pensato che un giorno sarei stato costretto a farlo per salvare me stesso.

23

La mattina dopo arrivò Sarripoli a svegliarmi. Erano da poco passate le dieci quando bussò alla porta. Mi alzai dal letto sudicio dove avevo dormito per qualche ora e andai ad aprire. Aveva portato dei cornetti alla crema e del caffè in un termos. Entrò e appoggiò tutto sul tavolo, facendosi spazio tra gli atti del fascicolo d'indagine che avevo lasciato in disordine.

Stavo per chiudere la porta quando mi disse: «Aspetta, non chiudere. Non sono solo».

Restai per un attimo interdetto. Mi affacciai verso l'esterno ritrovandomi davanti la testa pelata del sovrintendente Bini. Dietro di lui c'erano *Ciondolo* e l'ispettore Proietti. Mi girai di nuovo verso l'ispettore Sarripoli e lo vidi che apriva il vassoio dei cornetti e sistemava i bicchierini di plastica per il caffè. Non era di certo un comportamento ostile il suo. Mi tranquillizzai.

«Dottore, ci fa entrare prima che ci veda qualcuno?» chiese Bini.

«Che poi fa anche un freddo boia quassù» aggiunse *Ciondolo*, prima di rivolgersi a Sarripoli come al suo solito. «Ma che posto di merda gli hai trovato? Fossi stato in te mi sarei vergognato a portarlo qui.»

«Non rompere il cazzo» fu la risposta lapidaria di Sarripoli.

Non avevo ancora ben capito se stessi sognando o meno, ma quell'atmosfera mi fece stare bene. All'improvviso mi sentii a casa, nel mio mondo.

Li feci entrare e chiusi la porta.

Rimanemmo in silenzio per qualche attimo. Mentre Sarripoli versava il caffè dal termos, li guardai in faccia uno a uno. Erano imbarazzati. Feci la prima mossa.

«Allora? Che si fa? Siete venuti a prendermi?»

«Siamo venuti a darti una mano» ribatté l'ispettore Proietti.

Speravo in una risposta del genere, ma rimasi lo stesso sorpreso.

«Sapete quello che rischiate?» chiesi.

«Ne abbiamo una vaga idea» rispose il sovrintendente Bini mentre gli altri annuivano.

«Perché lo fate?»

«Perché siamo convinti della tua innocenza» affermò solennemente Proietti

Credevano in me. Si fidavano della mia persona, al di là delle apparenze e contro ogni motivazione razionale, pensai. Sarà stata la tensione accumulata in quei giorni o la ritrovata atmosfera familiare, non lo so. Fatto sta, che dopo quell'affermazione di fiducia incondizionata stavo per commuovermi. Per fortuna Proietti continuò riportandomi alla cruda realtà dei fatti.

«Siamo stati dalla dottoressa Barbara Melani. Abbiamo perquisito il suo appartamento e l'abbiamo sentita a verbale come persona informata sui fatti.»

«Immagino che mi avrà difeso a spada tratta» commentai sarcastico.

«Non proprio. Però, involontariamente, ha detto una cosa

che ti è stata molto d'aiuto e che ci ha convinti a venire qui, oggi.»

«Sentiamo.»

«Ha detto che, negli ultimi tempi, il mercoledì passavi la sera e la notte con lei. Siccome Romoli è stato ammazzato proprio tra mercoledì sera e giovedì mattina, non puoi essere stato tu.»

«E pensare che, per un attimo, mi sono illuso che aveste deciso di aiutarmi perché, conoscendomi da tanti anni, non mi ritenete capace di una cosa del genere. Comunque, non fa nulla. Va bene anche così. La cosa importante è che non siate venuti per arrestarmi.»

«Potevamo anche farci gli affari nostri, però» commentò *Ciondolo* con la sua solita irriverenza.

«Anche questo è vero» confermai per chiudere il discorso.

Io, Proietti e Sarripoli ci mettemmo a sedere, gli altri rimasero in piedi. Le sedie non bastavano per tutti.

Mangiammo i cornetti e bevemmo il caffè come se fosse stata una normale giornata lavorativa alla Mobile.

«Che ne pensi?» mi chiese Proietti indicando il fascicolo che Sarripoli aveva rimesso in ordine sul tavolo.

«Ho visto i rilievi della Scientifica. Chi ha ammazzato Romoli doveva proprio odiarlo. Sicuramente si era fatto dei nemici. Bisognerebbe capire chi sono e il perché di tanta ferocia. Quelli di Firenze, fidandosi delle dichiarazioni di Ciro Auriemma, si sono fermati a me. In parte avevano ragione, anche io potevo essere uno di questi. Ma, se non sono stato io, ci sarà di sicuro qualcun altro che lo voleva morto e che era molto incazzato con lui.»

«Indagando sulla sua vita privata qualcosa potrebbe venir fuori» suggerì Sarripoli.

«Perché non ne parli con Francesca?» mi consigliò Proietti come se fosse una cosa normale.

Restai a guardarlo senza sapere cosa rispondergli.

«Abbiamo dovuto sentire anche lei. Lo sai, è la prassi in questi casi. Non potevamo fare altrimenti» aggiunse Proietti, quasi a giustificarsi.

«E cosa ti fa pensare che non si metta a strillare chiamando aiuto appena mi vede?»

«Ci ho parlato, te l'ho detto, questo me lo fa pensare. L'ho vista molto preoccupata per te. È convinta della tua innocenza e pensa di essere lei la causa di tutti i guai che ti sono piovuti addosso. Aveva già interrotto da tempo i rapporti con Romoli ma non voleva dirti nulla perché si sentiva in colpa per quello che era successo tra voi.»

Non commentai. Ero disorientato. Avevo dato per scontato che non mi sarei potuto aspettare nulla da Francesca. Né aiuto, né comprensione. Ne ero certo come del fatto che Barbara mi avrebbe aiutato. Invece, come mi era già capitato molte altre volte nella vita, mi trovai a dover ammettere che per me le donne erano un universo imperscrutabile. Dovevo farmene una ragione. Probabilmente ero un ottimo investigatore, capace di districarmi anche nel caso giudiziario più ingarbugliato, ma dovevo accettare l'idea che delle donne non avrei mai capito nulla.

Passato il comprensibile attimo di disorientamento, la gioia che mi procurava la notizia prese il sopravvento. Quella mattina si rimisero a posto tutte le cose più importanti della mia vita. Non ero più solo e tornavo a sperare che tutto si potesse risolvere.

«Hai notizie anche di mia figlia?» chiesi a Proietti.

«Quelli di Firenze sono andati da lei a Milano. Pensavano di trovarti lì» rispose.

«A proposito... complimenti per lo scherzetto del cellulare nascosto sul treno» aggiunse Bini, facendosi una bella risata che contagiò anche gli altri.

Risi anch'io. Poi continuai a parlare con Fabio Proietti.

«Come sta Chiara?»

«Sta bene. I colleghi di Milano ci hanno detto che ti ha difeso e non ha dato soddisfazione a quegli stronzi.»

La contentezza mi si leggeva in faccia come un libro aperto. La nottata era passata. Ormai era chiaro. Probabilmente il manovratore occulto che gestisce le storie degli uomini aveva rimischiato le carte e mi era capitata una buona mano, dopo quella da incubo che avevo avuto nei giorni precedenti. Ne ero felice. Ora, però, dovevo fare la mia parte. La fortuna, da sola, non basta per migliorare il destino degli uomini.

«Come posso fare per parlare con Francesca?» chiesi.

«Ci penso io a organizzare un incontro senza dare nell'occhio» rispose Proietti.

«Grazie, Fabio. Un'altra cosa da fare è cercare di capire perché questo pseudo pentito Ciro Auriemma mi ha fatto un regalo simile. Bisogna capire se sta ancora nel clan dei Settimio e quali interessi abbiamo messo in pericolo negli ultimi tempi con le nostre attività.»

«Ci penso io» confermò Proietti.

«Bene. Voi, invece» aggiunsi rivolgendomi a Bini e *Ciondolo* «datevi da fare per scoprire come mai si sono trovati impelagati in questa storia Simone Bongi, il titolare del night club, il suo guardaspalle Hoti Xaier, il commercialista Antonio Pagani e Bruno Lampis, il titolare di una ditta di rimessaggio barche e movimentazione container di Livorno. Gli altri coinvolti nella misura cautelare erano già in carcere. Per loro non cambia nulla. La loro posizione possiamo anche evitare di approfondirla, per il momento.»

«Ci mettiamo subito all'opera» confermò Bini.

L'ispettore Sarripoli si sentì escluso e intervenne.

«Io che faccio?»

«Porti caffè e cornetti» rispose *Ciondolo* al mio posto.

Ero proprio tornato a casa ed ero felice.

24

Non vedevo Francesca da più di tre mesi. Ci eravamo incrociati in un paio di occasioni, dopo che lei aveva deciso di andare via di casa per vivere il ritorno di fiamma con Marco Romoli. Erano stati incontri per decidere alcune cose pratiche: chi doveva tenere il cane, l'uso della casa al mare e altre cose simili. Insomma, lo squallido rituale che segue la fine di una convivenza.

Ero teso e arrabbiato in quel periodo, non lo nego. Nutrivo rancore nei suoi confronti e odiavo l'uomo che me l'aveva portata via. Sono reazioni umane. Il lato oscuro delle passioni. Negli anni mi ero illuso di aver costruito qualcosa di stabile e duraturo insieme a lei, invece scoprivo che non era altro che un fragile castello di sabbia, spazzato via in un colpo solo da un'onda più lunga delle altre. Non si può chiedere a una persona di non provare nulla in un momento del genere. Quello che si deve pretendere è il controllo. Se sei un uomo devi essere in grado di controllare te stesso, anche a costo di indicibili sofferenze. Io questo l'avevo fatto.

Con il passare dei giorni, avevo cercato di farmene una ragione. Ero arrivato addirittura a comprendere il suo comportamento. In fondo, tutti abbiamo vite non vissute che si sono perse nel passato. Come barche alla deriva che ci avrebbero portato chissà dove. Facciamo le nostre scelte e il resto svanisce. La vita ci obbliga a rinunciare a ogni cosa tranne che al nostro destino. Ma la nostalgia delle opportunità mancate può essere irresistibile in alcuni momenti. Come biasimare chi cede all'inganno? Chi si illude di poter tornare indietro per dimostrare a se stesso di essere migliore di ciò che è stato? Sono arrivato a provare addirittura pena per lei. Per quella fragilità che non le aveva consentito di sopportare il peso degli anni che scivolano via inesorabili.

Francesca era lì, seduta su una panchina nascosta dai rami pendenti dei salici, nel parco della villa che Niccolò Puccini donò alla città di Valdenza affinché diventasse ricovero per anziani e persone bisognose. Mi stava aspettando. Aveva detto a Proietti che alle undici sarebbe andata a far visita alla nonna. Sapevo bene che la nonna era morta già da qualche anno, ma aveva passato gli ultimi anni della sua vita in quella residenza per anziani. Lei andava spesso a trovarla, all'epoca. Francesca era stata molto accorta nello scegliere quel posto per il nostro incontro. Se quelli di Firenze la stavano ascoltando al telefono, avrebbero pensato che avesse intenzione di andare al cimitero a pregare sulla sua tomba. Non potevano sapere di quel luogo.

Restai una decina di minuti a osservarla in lontananza, nascosto tra gli alberi. Volevo essere certo che nessuno l'avesse seguita. Non era cambiata per niente. Indossava un pesante cappotto scuro che la copriva fino agli stivali di pelle nera. Dal collo di pelliccia spuntava il naso alla francese che conferiva delicatezza ai tratti del suo viso. Stringeva sul grembo una borsa di cuoio bianca e, ogni tanto, si guardava intorno.

L'aria era fredda anche se c'era il sole.

Mi avvicinai e mi sedetti al suo fianco. Mi salutò dicendomi semplicemente ciao. Senza nemmeno voltarsi a guardarmi. Cercai subito di scusarmi.

«Mi dispiace di averti coinvolta in questa storia, Francesca. Se ti senti a disagio vado via subito.»

«Sono io la responsabile di tutto questo, non tu. Lo sappiamo bene entrambi, anche se tu sei troppo buono per rinfacciarmelo. Dimmi solo una cosa.» Si girò verso di me. «Sei stato tu?»

«No. All'inizio l'ho odiato, è vero. Ma non avrei mai potuto fare una cosa del genere. Mi conosci. Per me stesso, per te, per i nostri figli.»

Mi fermò con un gesto della mano.

«Va bene, Tommaso, non c'è bisogno di aggiungere altro. Dimmi come posso aiutarti.»

«Per salvarmi devo trovare il vero assassino. Ho bisogno di avere informazioni su Marco Romoli. Che vita faceva, chi frequentava, se aveva nemici... Tu sei stata con lui, potresti aver visto o sentito qualcosa che può tornarmi utile.»

Notai un certo imbarazzo in lei, e aveva ragione. Cercai di spiegarmi meglio.

«Mi rendo conto che sto chiedendo a mia moglie di raccontarmi dei suoi incontri con un altro uomo, ma non saprei come altro fare per uscire da questo casino» aggiunsi.

Lei comprese la situazione e iniziò a raccontare.

«Non è durata molto la storia con Marco. Dopo che andai via di casa ci siamo frequentati per un paio di settimane. Siamo stati a cena fuori, al cinema. Qualche notte abbiamo anche dormito insieme a casa sua o in albergo. Poi, mi sono accorta che aveva altre storie e che io ero una delle tante. Ne abbiamo parlato e lui ha confessato candidamente che quella era la vita che aveva scelto di fare. Si sentiva un uomo libero e voleva continuare a esserlo. Disse che non era portato per i legami fissi e i rapporti esclusivi. Che ci teneva a me, ma non avrebbe cambiato il suo modo di vivere. Così l'ho mollato. La cosa peggiore è stata che non si è disperato più di tanto. Ha detto che mi comprendeva. Che capiva la mia scelta e non provava rancore. Alla fine, quasi dovevo ringraziarlo. Ecco per cosa ho distrutto il nostro matrimonio e la nostra famiglia. Non credo che ti faccia stare meglio saperlo.»

No, non mi faceva stare meglio proprio per niente. C'era poco da sentirsi soddisfatti. Trovavo insopportabile il contrasto tra la leggerezza dimostrata da quell'uomo e tutti i danni che aveva causato. Era passato sulle nostre vite come chi distrugge un nido di formiche calpestandolo senza nemmeno accorgersene. Non dissi nulla. Ci guardammo negli occhi ed ebbi la sensazione di incrociare in lei il mio stesso pensiero inconfessabile: ha fatto la fine che meritava quel pezzo di merda. Bisogna fare attenzione ai nidi degli altri. Guardare dove si mettono i piedi, cazzo. C'è vita e la vita deve essere rispettata.

Dal vicino liceo musicale arrivavano le note di *So this is Christmas* di John Lennon, che i ragazzi stavano preparando per il saggio di Natale.

Non potevo restare a lungo. Era troppo rischioso. Tornai al motivo dell'incontro.

«Conosci il nome di qualcuna delle altre donne che frequentava Romoli?» le chiesi.

«No. Era molto accorto e riservato nelle sue cose. Ogni tanto gli arrivavano notifiche di messaggi sul cellulare. Una sera era in bagno e aveva lasciato il telefono sul comodino. Lessi l'anteprima ed era inequivocabile. Lui non provò nemmeno a negare. Ammise tutto candidamente. Ma non c'era il nome di chi aveva inviato il messaggio.»

Fece un sorriso amaro.

«La vuoi sapere una cosa buffa?» mi domandò.

«Dimmi.»

«C'era scritto "tigre". Mi disse che, siccome ci teneva molto alla privacy delle donne che frequentava, assegnava un nome di animale a ognuna. Per non farle riconoscere. Hai capito? Quella era una tigre. Non ho mai avuto il coraggio di chiedergli che nome avesse dato a me. Tu che dici? Come mi avresti chiamata tu? Pantera? Pecora? Gattina? Porcellina?»

Pianse per la rabbia, ma si girò dall'altra parte per non darlo a vedere.

Mi sforzai di mantenere quel distacco che la situazione richiedeva, anche se sentivo lo stomaco torcersi.

«Lo hai sentito litigare con qualcuno? Aveva debiti? Vizi? Che ne so? Gioco d'azzardo, droga. Ti ha manifestato qualche preoccupazione?»

Ci pensò un po' per essere sicura di non dimenticare nulla.

«Niente. Mi dispiace, Tommaso. Era sempre brillante e sorridente. Non l'ho mai visto arrabbiato e preoccupato. Il denaro non gli mancava. Non saprei dirti se le altre donne che frequentava fossero sposate. Può darsi. Può essere che il marito di qualcuna di loro abbia scoperto qualcosa. Dovreste esaminare le sue telefonate. Ti do il numero del suo cellulare.»

Tirò fuori dalla borsa un taccuino giallo con un piccola penna agganciata all'apertura e un'agendina. Copiò il numero, strappò il foglio e me lo passò.

«Il Mugello? Aveva motivi per trovarsi lì, che tu sappia?» le chiesi.

«Sì. C'è una clinica privata dove lui lavorava un paio di giorni alla settimana. Villa Glori, si chiama così. Ogni tanto restava a dormire in un albergo lì vicino: l'hotel Gaudio. Una volta ci sono stata anche io insieme a lui. Dovrebbe risultare dai registri.»

Mi feci prestare la penna e sotto il numero di cellulare annotai: "Villa Glori" e "hotel Gaudio".

«Ora devo andare» le dissi. «È troppo rischioso per me restare qui.»

Mi alzai. La salutai e mi avviai verso l'uscita. Feci un paio di passi.

«Tommaso...»

Mi voltai verso di lei.

«Mi dispiace. Se fosse possibile tornare indietro nel tempo... ma non è possibile.»

«No. Non è possibile, purtroppo» confermai.

Fu in quel momento che mi resi conto di quanto fossimo cambiati. Nei tanti anni passati insieme avevamo costruito uno spazio tutto nostro dentro il quale vivevamo. Una bolla di vetro che ci isolava e ci proteggeva da ciò che avveniva fuori. Dal tempo che passava, dal mondo che cambiava. Quando quel mantello magico si era lacerato, tutto il marcio che girava intorno ci era piovuto addosso, rinsecchendo inesorabilmente le nostre anime. Facendo svanire i sogni e cambiando le prospettive.

Andai via portando con me l'ulteriore fardello di questa consapevolezza.

25

Ciro Auriemma aveva commesso il primo omicidio a diciannove anni. Niente di impegnativo. Lo mandarono a stendere un anziano fruttivendolo che aveva mancato di rispetto al boss che comandava nel quartiere. Per essere precisi, il poveraccio a lui personalmente non aveva fatto niente, ma aveva trattato male il figlio adolescente davanti ai clienti presenti nel negozio. Il ragazzo era entrato insieme ad alcuni amici, avevano preso una manciata di ciliegie e se ne stavano andando senza pagare. Il vecchio, che forse aveva avuto una giornata storta o non lo aveva riconosciuto, lo prese per un braccio, gli diede uno schiaffo e lo cacciò via chiamandolo "puricchiuse", che sta a significare pidocchioso, pezzente. La voce si diffuse nel rione e determinò l'inevitabile condanna a morte.

Ciro Auriemma era un ragazzo sveglio, cresciuto in mezzo alla strada, con un'allergia ai banchi di scuola e una particolare determinazione quando si trattava di portare a termine un compito che gli veniva affidato. Quelli del Sistema *lo tenevano sotto osservazione. Avevano iniziato a impiegarlo come vedetta con l'incarico di segnalare l'arrivo delle forze dell'ordine, poi era passato a qualche consegna di droga fino ad arrivare a partecipare alle "mazziate" punitive ai commercianti che ritardavano il pagamento del contributo per le famiglie dei carcerati. Così lo chiamavano il pizzo da quelle parti.*

Ciro Auriemma "pidocchioso" lo era per davvero. Veniva da una famiglia molto povera. Viveva con la madre e altri sei, tra fratelli e sorelle, in un basso di pochi metri quadrati. Era ambizioso. Sognava di fare i soldi e di guadagnarsi il rispetto della gente. Voleva farlo in fretta. Il prima possibile. Non aveva mai avuto il dubbio che ci potessero essere altre strade per arrivare a ottenere quel risultato. Non concepiva nemmeno che la gran parte delle persone riuscisse ad arrivarci onestamente. Semplicemente lavorando. Era una prospettiva non visibile dal suo punto di osservazione. Quando gli diedero l'incarico fu felice. Capì che era arrivato il suo momento. Cinquecento euro per ammazzare il fruttivendolo e il conseguente salto di livello nell'organizzazione. Tutto stava andando per il meglio. Il giorno dopo percorse quasi un chilometro a piedi. Erano le sette e mezzo del mattino. Portava uno zainetto sulle spalle, sembrava uno studente che andava a scuola. L'uomo di merda da ammazzare – si deve disprezzare la vittima altrimenti il lavoro non viene bene – stava sistemando le cassette di frutta sul marciapiede per iniziare la giornata. Ciro si fermò davanti a lui.

«Guagliò, ch' t' serv?» gli chiese l'uomo.

«Nun m' serv' niente, o' nò. Tengo un'imbasciata per voi.»

Si tolse lo zainetto dalle spalle. Lo appoggiò per terra. Tirò fuori la mitraglietta Uzi che gli avevano dato e gliela puntò addosso.

Il vecchio lo osservò meglio e lo riconobbe. Non pensò a se stesso ma ebbe pietà per lui.

«Guagliò, ma che fai? Tu si o figl' 'e Carmelina. Lascia sta, nun e dà retta a chill' che t'hann mannat'. So malament', t'arruvinano. Salvat'. Nun e sta a sentì. Vatten'.»

La raffica a bruciapelo lo tagliò quasi in due. Il sangue schizzò sui pomodori e sulla frutta. Non sulle ciliegie: quel giorno non le aveva prese al mercato, costavano troppo e non erano buone.

Ciro Auriemma si sentì potente come mai gli era capitato prima. Mentre riponeva l'arma nello zaino si rese conto di aver avuto un'erezione incontrollata. Quella scoperta lo esaltò ancora di più. Sputò sul corpo martoriato del vecchio e si allontanò. Nessuna delle poche persone in strada a quell'ora disse nulla. Tutti si girarono dall'altra parte e si scansarono per farlo passare. Se non era quello il rispetto, che cos'era?, pensò. Lo fece altre volte, tante altre volte. La morte gli piaceva. Perché era sempre diversa. Esaltante. Mai banale o ripetitiva. Ogni vittima esprimeva il terrore degli ultimi istanti a modo suo. Lui raccoglieva quei momenti di estrema e inutile creatività e li catalogava nella sua mente.

Ciro Auriemma era considerato un vero cultore dell'arte di uccidere. Un esteta dell'omicidio. L'appellativo di killer era riduttivo per lui. Anche per questo, non solo per i capelli biondi, gli occhi azzurri e la barba rossiccia come il famoso pittore, lo chiamavano Van Gogh.

Ciro Auriemma era seduto davanti a un tavolo bianco nella sala colloqui del carcere di Sollicciano a Firenze. Alle sue spalle, in piedi ai lati della porta di accesso alla stanza, c'erano due agenti della polizia penitenziaria che osservavano ogni suo movimento. Era considerato un soggetto estremamente pericoloso che non aveva niente da perdere, per via dei già numerosi ergastoli da scontare. Di fronte aveva il sostituto procuratore Pietro di Felice e il commissario Mauro Crisanti. Dopo l'esecuzione delle misure cautelari dell'Operazione Argine e gli interrogatori in carcere degli arrestati, era diventato necessario chiarire alcuni aspetti delle dichiarazioni rese dal collaboratore di giustizia. Le domande le faceva il dottor Di Felice, che stava vivendo quel momento di notorietà come il riscatto di una vita intera passata nell'ombra.

«Signor Auriemma, abbiamo chiesto di incontrarla perché abbiamo bisogno di approfondire alcune questioni. Lei è sempre disposto a rispondere alle nostre domande?»

«Certamente, signor giudice. Sono a vostra disposizione.»

«Sulle chiamate in correità di Vincenzo Aprea e Aldo Caterino per l'omicidio Iafrate e per l'omicidio De Lillo non sono emersi particolari problemi. Simone Bongi, il titolare del night club, il suo autista Hoti Xaier e il commercialista Antonio Pagani, in sede di interrogatorio, a parte qualche distinguo, hanno ammesso le loro responsabilità in ordine ai capi d'imputazione contestati. È evidente che puntano a ottenere gli sconti di pena dei riti abbreviati. Bruno Lampis, il titolare della ditta di rimessaggio barche, invece, per il momento si è avvalso della facoltà di non rispondere.»

«Lo vedete, signor giudice? Io sono un collaboratore affidabile. Quando mi fate uscire da qua dentro e facciamo il programma di protezione? Qui è diventato pericoloso per me. È vero che sto nel settore protetto, ma chi mi dice che mi posso fidare? E se qualcuno di quelli che stanno con me fa solo finta di essere pentito? Non mi sento sicuro qua dentro, signor giudice.»

«Quando sarà il momento, signor Auriemma. Ci sono dei tempi e delle condizioni da rispettare. Intanto, abbiamo alcune cose da precisare.»

«Dite, signor giudice.»

«La sua appartenenza al clan Fortino, per esempio. I colleghi di Napoli la considerano organico al clan Settimio, non ai Fortino, i quali, stando alle ultime informazioni, sarebbero diventati

un gruppo molto marginale dopo aver perso la guerra con quelli di Secondigliano. Come la spiega questa incongruenza?»

Ciro Auriemma vestiva jeans chiari, maglioncino blu a collo alto e indossava scarpe da ginnastica bianche. La barba rossa era folta ma ben curata. I lunghi capelli biondi li portava raccolti all'indietro con un codino. Aveva da poco compiuto quarant'anni. Non era il tipo da perdersi d'animo, sapeva trovare sempre la risposta giusta.

«Signor giudice, parlando con rispetto, forse i vostri colleghi di Napoli non sono bene informati. Non sono mai stato nel clan dei Settimio. Non so nulla di loro. Ma poi questa storia dei clan, certe volte, è una fissazione vostra. Uno, anche se sta in un clan, non è che ogni cosa che fa la deve dire a tutti quanti. Io ho fatto tante cose per sistemare situazioni mie, senza dare conto a nessuno. Perciò, di queste rispondo solo io e chi stava con me.»

Il sostituto procuratore Di Felice e il commissario Crisanti si scambiarono un'occhiata d'intesa. Sapevano entrambi che Van Gogh stava dicendo una cazzata, ma preferirono far finta di credergli e continuare il colloquio.

«Signor Auriemma, c'è un'altra cosa che non torna.»

Il magistrato aprì il fascicolo che aveva sistemato sul tavolo davanti a sé prima dell'arrivo di Auriemma. Sfogliò alcuni documenti e mentre li leggeva continuò a parlare.

«Lei ci aveva detto, leggo testualmente: "l'acquisizione dei tre alberghi del gruppo Anselmi a Montevettolini rimase bloccata per lungo tempo in attesa della certificazione antimafia che doveva essere rilasciata dal prefetto. Avevo investito un milione di euro nell'affare e mi ero affidato a un commercialista che aveva uno studio a Valdenza ed era noto per le sue capacità nel portare a termine questo tipo di operazioni. Il professionista di cui parlo si

chiama Antonio Pagani. Il dottor Pagani creò una società ad hoc dove comparivano tutti soggetti con la fedina penale pulita. Il capitale di maggioranza era detenuto da una fiduciaria con sede a Praga, a sua volta controllata da una holding lussemburghese. Il gruppo interforze di supporto che doveva dare il parere al prefetto sul rilascio della certificazione, composto dai rappresentanti di polizia, carabinieri, guardia di finanza e Direzione Investigativa Antimafia, ritardava a esprimersi. Il dottor Pagani aveva saputo per vie traverse che questo ritardo era dovuto al rappresentante della polizia, il commissario Casabona, che aveva scoperto che la sede della società controllante a Praga era la stessa di quella di un'altra società riconducibile alla sorella di mia moglie. Una società che operava nel settore lattiero caseario. Il commercialista aveva chiesto un appuntamento con il dottor Casabona per tentare di sistemare la cosa. Casabona accettò l'incontro e, in quell'occasione, fece capire che ci avrebbe potuto aiutare, ma voleva parlare personalmente con chi aveva interesse nell'affare, cioè con me...". Si ricorda di aver dichiarato queste cose?»

«Certamente, signor giudice. Confermo tutto. Qual è il problema?»

«Il problema sono i distinguo di cui le dicevo prima. Il dottor Pagani, il commercialista, ha confermato di aver curato l'operazione per l'acquisizione degli alberghi nel suo interesse, di aver costituito le società e di averle riferito che il problema nasceva dagli approfondimenti investigativi che il commissario Casabona si era messo in testa di fare, ma ha dichiarato che non ha mai avuto alcun contatto con lui e non ha fatto da tramite al vostro incontro che sarebbe avvenuto a Firenze, nel caffè "Le giubbe rosse". Quando, a suo dire, il commissario le chiese di ammazzare il dottor Marco Romoli, che aveva scoperto essere l'amante

della moglie, promettendole che in cambio ci sarebbe stato un esito benevolo degli approfondimenti sulla società con sede a Praga. Anzi, ha detto che non avrebbe mai fatto una cosa del genere perché Casabona aveva fama di persona integerrima e un avvicinamento avrebbe potuto avere un esito disastroso, in quanto avrebbe confermato che c'era qualcosa di poco chiaro dietro quella società.»

«Si vede che il dottore Pagano non si ricorda bene. Oppure fa finta di non ricordare perché non si vuole mettere contro gli sbirri. Dovete capire voi chi dice la verità. Se volete fidarvi di lui, vuol dire che io non sono credibile. Come uomo e come collaboratore di giustizia. Fatemi sapere cosa avete deciso perché, in questi giorni, mi sarei ricordato di altri due omicidi che ho commesso qualche anno fa. Un infame che vendeva eroina nella mia piazza senza autorizzazione e il figlio di un capoclan rivale durante una guerra. La prossima volta ve li racconto. Se ci sarà una prossima volta, questo dipende da voi.»

Si alzò.

«Ora me ne vado, così ci potete pensare meglio. Buona giornata, signor giudice. Buona giornata anche a voi dottore Crisanti.»

Si girò e andò via, scortato dai due agenti della Penitenziaria.

26

La conferenza stampa convocata dal sostituto procuratore Pietro Di Felice per presentare al mondo la sua brillante "Operazione Argine", mi aveva riversato addosso una tale quantità di sterco che nemmeno Ercole, che pure aveva ripulito le stalle di Augìa, avrebbe mai potuto lavare del tutto. Eppure, una cosa, violando la legge di Murphy, non andò nel peggior modo possibile.

Nei servizi televisivi e sui giornali fu utilizzata una mia foto di repertorio in uniforme. Da questa scelta derivarono due conseguenze favorevoli. La prima fu che la polizia di Stato, sentendosi chiamata in causa direttamente, fece di tutto per spegnere, prima possibile, i riflettori accesi sulla divisa che indossavo. La seconda consisteva nel fatto che l'attenzione di chi guardava la foto veniva attratta dall'abito piuttosto che dal mio aspetto. Difficilmente mi avrebbero riconosciuto vestito come un normale cittadino. Questo significava che, almeno al di fuori della provincia di Valdenza, dove sapevano chi fossi a prescindere dall'uniforme, potevo muovermi con una certa libertà.

Per contenere ancora di più il rischio di essere individuato, decisi anche di rinunciare al pizzetto che mi aveva accompagnato negli ultimi venti anni e me ne separai con grande tristezza. Questo sacrificio fu ampiamente ricompensato perché mi consentì di andare, insieme all'ispettore Proietti e all'ispettore Sarripoli, a fare un po' di domande al gestore dell'hotel Gaudio nel Mugello.

L'albergo era situato su una collina che guarda il lago di Bilancino, a pochi chilometri dal luogo deve era stato rinvenuto il cadavere di Marco Romoli. Non era una struttura per tutte le tasche. Si trattava di una villa rinascimentale con una bellissima facciata color ocra, immersa in un parco di decine di ettari. Le cinque stelle di cui si fregiava le meritava tutte.

Sarripoli, che a tempo perso faceva anche il rappresentante sindacale, ne rimase affascinato. Mentre percorrevamo a piedi l'ultimo tratto del viale di accesso alla reception, gli venne un'idea.

«Quasi quasi ne approfitto per proporre una convenzione. Sempre che non ce l'abbiano già.»

Ci pensò Proietti a far abortire sul nascere il suo progetto.

«Ottima idea, Emilio. Parlando con il direttore, dovresti riuscire a strappare un 30% di sconto per la categoria. Anzi, viste le tue capacità negoziali, potresti arrivare anche al 50%.»

«Magari... Io ci provo.»

«Prova, prova. Stamattina ho dato un'occhiata alle tariffe ordinarie sul sito web. Se riesci nell'impresa, con uno stipendio potresti prenotare un weekend con l'amante. Al momento ci vogliono 1.300 euro a notte a persona. Quindi, due notti per due persone sono 5.200 euro. Con la convenzione te la caveresti con 2.600.»

Sarripoli non si aspettava cifre del genere. Ci rimase male e rinunciò subito ai suoi propositi.

«Amico mio, io non li guadagno 2.600 euro al mese e non ho nemmeno l'amante. E poi, se proprio volessi spendere 2.600 euro, me ne andrei un mese al mare a Mondragone con tutta la famiglia. Fornitura giornaliera di mozzarella compresa. Vuoi mettere? Se lo tengano loro questo schifo di lago pieno di zanzare.»

Proietti approvò.

Entrammo nella hall, un salone decorato con affreschi e arredato con mobili d'epoca. Dietro al bancone della reception c'era un giovane vestito con un abito blu scuro e la cravatta in tinta con il logo dell'albergo. Impiegò pochi secondi per rendersi conto, dall'abbigliamento e dal nostro modo di camminare, che non eravamo potenziali clienti in cerca di una stanza. Qualche istante dopo, osservando Emilio Sarripoli tuffarsi con naturalezza sul barattolo delle caramelle di benvenuto, capì anche che eravamo poliziotti. Così trasformò immediatamente l'iniziale smorfia di disgusto in un atteggiamento di reverenza.

«Buongiorno, signori. Benvenuti all'hotel Gaudio. Sono Lorenzo, cosa posso fare per voi?»

Mi tenni un po' in disparte e lasciai parlare Proietti, che gli mostrò velocemente il tesserino.

«Siamo della questura di Firenze. Stiamo indagando sull'omicidio del dottor Marco Romoli, avvenuto una decina di giorni fa qui vicino. Sappiamo che era un vostro affezionato cliente.»

Si fermò aspettando la reazione del giovane. Sapeva bene che stava giocando d'azzardo. Se fossero già passati quelli della Criminalpol, la situazione poteva complicarsi. La direzione dell'hotel li avrebbe potuti avvisare che c'erano altri poliziotti che facevano domande sullo stesso caso. L'albergo era pieno di telecamere, il commissario Mauro Crisanti ci avrebbe messo poco ad arrivare a loro, con tutte le conseguenze che ne sarebbero derivate.

«Sì, certo, era nostro cliente da anni. Riceveva alla clinica Villa Glori un paio di giorni alla settimana e alloggiava da noi. È stata una cosa terribile. Il dottore era tanto una brava persona. Ci è dispiaciuto molto per quello che è successo. Per la verità, ci aspettavamo una vostra visita. Il direttore ci ha raccomandato di fornire la massima collaborazione. Ma, visto il tempo trascorso, pensavamo che non sareste più venuti.»

Proietti tirò un sospiro di sollievo.

Il portiere continuò.

«Anche perché, mi sembra, che il caso sia stato risolto. L'assassino è quel commissario di Valdenza. Come si chiama? Casanova.»

Mi girai verso l'uscita facendo finta di osservare i quadri alle pareti.

«Sì, sì. Casanova, come dice lei» confermò Sarripoli mentre ciucciava una caramella al miele.

«Dobbiamo fare degli ulteriori accertamenti. Formalità, ma ci servono per completare le indagini» ribadì Proietti.

«Dite pure. Sono a vostra disposizione.»

«Abbiamo bisogno della lista di tutti gli alloggiati degli ultimi sei mesi con l'indicazione delle camere che hanno occupato. Inoltre, ci serve il tabulato di eventuali telefonate fatte o ricevute dalla camera utilizzata dal dottor Romoli durante i suoi soggiorni. Tutto qui.»

«Provvedo subito.»

Il giovane si spostò davanti al monitor del computer e, dopo aver selezionato il periodo richiesto, avviò la stampa.

Morivo dalla voglia di fargli qualche domanda, ma non potevo espormi così tanto. Per fortuna Proietti mi leggeva nel pensiero e chiedeva le stesse cose che avrei voluto chiedere io.

«Il dottor Romoli frequentava qualcuno in particolare quando veniva qui?»

Il giovane accusò il colpo e si bloccò. Va bene che aveva avuto indicazioni precise dal suo capo di essere collaborativo, ma quella domanda andava a urtare con i principi deontologici basilari della sua professione. Fare una richiesta del genere a un portiere d'albergo equivale a chiedere a un prete il contenuto di una confessione.

Ci pensò Sarripoli a rimetterlo in moto.

«Dài, Lorenzo, sono cose che restano tra noi. Non vorrai mica beccarti una denuncia per favoreggiamento? Amico mio, qui si parla di omicidio.»

Il giovane si convinse subito e riprese a parlare.

«Spesso era accompagnato da donne che alloggiavano con lui.»

Proietti, immaginando il mio imbarazzo, tagliò corto.

«Sì, questo lo vedremo dalla lista degli alloggiati. Intendevo dire: incontrava qualcuno che veniva da fuori?»

«A volta cenava con qualche collega della clinica che veniva a salutarlo, li conosciamo un po' tutti. Oppure si intratteneva a bere qualcosa con altri ospiti dell'albergo.»

«Nessun altro?» chiese Sarripoli.

Lorenzo si prese qualche secondo per riflettere.

«A pensarci bene, negli ultimi tempi, qualcuno veniva a prenderlo. La sera, quando non era in compagnia. Dopo cena si fermava nell'atrio ad aspettare, e quando arrivava l'auto, usciva e saliva su.»

«Sarà stata qualche amica locale» commentò Proietti.

«No no, era un uomo. Non scendeva mai dalla macchina, ma una volta ho intravisto il suo braccio appoggiato al finestrino quando si è fermato qui davanti. Sono rimasto colpito dall'orologio che indossava: un Rolex GMT Master. Sa, io sono un appassionato di orologi, anche se non potrei mai permettermi un oggetto del genere.»

«È raro?» chiese Sarripoli.

«Abbastanza. È un pezzo da collezionisti.»

«Per caso si ricorda qualcosa dell'auto che guidava?» domandò Proietti.

«No, mi dispiace. Era un'auto scura, di grossa cilindrata. Forse un'Audi o una Mercedes. Non saprei dire. Però, mi ricordo un altro particolare che forse può tornarvi utile.»

Fece una breve pausa per essere sicuro della nostra attenzione.

«Osservando l'orologio, ho notato che aveva un fiore tatuato sul dorso della mano, e cinque puntini raggruppati tra pollice e indice.»

«I cinque punti della malavita» commentai, non riuscendo a trattenermi.

Lorenzo se ne accorse e notò anche la mia presenza, che fino a quel momento non aveva considerato.

«Scusi?»

«Niente, niente. Facevo una riflessione a voce alta» risposi.

Il giovane continuò a osservarmi.

«Lei ha una faccia conosciuta, signore. Ci siamo già visti? È stato nostro ospite, per caso?»

Pensai che mi conveniva stare al gioco.

«Sì, ho trascorso qui un bellissimo weekend un paio di anni fa.»

«Ci avrei scommesso. Sono molto fisionomista, non mi dimentico mai una faccia.»

Proietti prese i fogli con le stampe richieste e tagliò corto.

«Bene, Lorenzo. Sei stato veramente molto gentile. Grazie mille.»

L'ultimo ad allontanarsi dal bancone fu Sarripoli.

«Lorenzo, lo sai che quello che ci siamo detti è estremamente riservato?»

«Sì, certo. Non si preoccupi.»

«Lo sai quanti anni di galera sono previsti per chi viola il segreto?»

«No.»

«Venti anni» la sparò grossa Sarripoli.

Il giovane deglutì.

«Sono una tomba.»

«Bene. Meglio per te.»

Approfittammo della camminata nel parco per ritornare alla macchina e scambiarci qualche considerazione a caldo.

Il primo fui io, in modo da sgombrare subito il campo da quella che era la pista principale e che gli altri avrebbero affrontato con un certo imbarazzo. Cercai di farlo con il giusto distacco professionale, dimenticando per un attimo che anche io mi trovavo in quella situazione.

«Bisogna capire chi fossero queste donne che accompagnavano Romoli in albergo, che storie personali avessero alle spalle. Con il tipo di vita che faceva la vittima, il movente passionale resta quello più accreditato. Considerato anche l'accanimento dell'assassino sul suo corpo, indicatore di rabbia, odio e alto livello di coinvolgimento emotivo.»

I miei due collaboratori approvarono, visibilmente sollevati dal fatto di non aver dovuto fare quel tipo di considerazione.

«Appena rientro in ufficio, passo subito la lista degli ospiti e i tabulati delle telefonate a Bellini» disse Proietti.

Il massiccio assistente Andrea Bellini era l'esperto informatico della squadra mobile. Non aveva fatto studi specifici in materia, anzi si era diplomato come geometra. Come spesso accadeva nella nostra amministrazione, aveva assunto quel ruolo per il semplice fatto di essere "quello che ne capiva di più" fin dall'arrivo dei primi personal computer negli uffici di polizia. Dopo questa selezione naturale avvenuta sul campo, aveva affinato le proprie capacità frequentando corsi di formazione, ed era diventato veramente bravo a muoversi tra le decine di banche dati a cui possono accedere gli investigatori. Un vero e proprio segugio, capace di scandagliare l'oceano di tracce digitali che ognuno di noi lascia ogni volta che fornisce informazioni in giro per il mondo.

Entrati nell'Alfa 156 nera, Sarripoli, che era alla guida, propose un altro argomento: «Del tipo con il Rolex che veniva a prenderlo la sera? Cosa ne pensate?».

«Anche quella è una pista che merita di essere approfondita. Ci si potrebbe arrivare tramite i tatuaggi che ha sul dorso della mano: il fiore e i cinque punti della malavita» risposi dal sedile di dietro, dove mi ero seduto per non dare troppo nell'occhio.

«Ma che sono questi cinque punti della malavita?» chiese Proietti, che non era del sud come me e Sarripoli e non aveva mai lavorato a Napoli.

«I "cinque punti della malavita" sono cinque puntini tatuati a croce sul dorso della mano tra il pollice e l'indice. Ogni punto segna il termine di una litania, come il rosario: "carcere, galera, tomba, trent'anni non mi fanno ombra". È un tatuaggio che comunica l'appartenenza al Sistema, quello che i giornalisti chiamano la camorra, e che non si ha paura di fare la galera.»

«Quindi potrebbe trattarsi di un boss della camorra?» domandò ancora Proietti.

«Potrebbe, certo. Oppure potrebbe trattarsi di un cretino di qui che vuole atteggiarsi a pericoloso criminale. Chi lo sa? Dobbiamo provare a chiedere a quelli della Scientifica. Loro hanno la possibilità di risalire alla persona che porta un tatuaggio del genere, se è stato sottoposto a rilievi fotosegnaletici in passato.»

«Ci penso io» concluse Proietti.

27

Nel corso dell'improvvisata riunione mattutina nel rifugio che Sarripoli aveva procurato a Casabona, il sovrintendente Bini e l'assistente Giordano avevano accettato di buon grado di fare il lavoro sporco. Almeno, loro lo avevano chiamato così. Andare a Livorno per fare accertamenti su Bruno Lampis e la sua ditta di rimessaggio barche e movimentazione container. Casabona, invece, conoscendoli bene, aveva capito subito che erano ben contenti di ricevere quell'incarico che comportava la possibilità di farsi una bella mangiata di cacciucco prima di rientrare. Alla Mobile di Valdenza, quando c'era da andare a Livorno, partiva la gara e il motivo era sempre il solito. Ma, a prescindere da questo aspetto poco professionale, i due erano i più indicati. Lavorando entrambi alla sezione antidroga, avevano contatti frequenti con i colleghi della squadra mobile locale e conoscevano bene il porto, punto di arrivo spesso di grossi carichi di droga. Inoltre, proprio in quel periodo, stavano portando avanti un'indagine nella quale aveva un ruolo marginale anche Bruno Lampis.

Bini, prima di partire da Valdenza, prese appuntamento con un suo collega di corso, il sovrintendente Luca Mariucci, che lo avrebbe aspettato in questura.

Arrivarono intorno alle dodici. Parcheggiarono l'auto di ser-

vizio nella grande piazza antistante l'enorme palazzo di marmo bianco e si presentarono al corpo di guardia. Dopo aver detto chi erano e da dove venivano, impiegarono pochi secondi per rendersi conto che l'eco del terremoto che li aveva coinvolti si era ormai diffuso in tutto l'ambiente. L'agente addetto al corpo di guardia tenne un atteggiamento molto formale, ma al tempo stesso distaccato. A tratti quasi disgustato. Chiese di esibire il tesserino di riconoscimento e compose l'interno dell'ufficio dove li stavano aspettando.

«Sovrintendente Mariucci? Buongiorno, è il corpo di guardia. Ci sono quelli di Valdenza.»

L'agente chiuse la conversazione e si rivolse a loro.

«In fondo al corridoio, terza porta a destra. Vi stanno aspettando.»

Ciondolo *gli si avvicinò e lo squadrò dalla testa ai piedi. Aprì bocca e stava per lasciarsi andare come solo lui sapeva fare, con il rischio di creare subito un incidente diplomatico con la questura di Livorno. Ci pensò Bini a bloccarlo prima che potesse fare danni.*

«Sta' bono. Andiamo che ci aspettano.»

«Ma chi si crede di essere questo co...»

Lo tirò per un braccio e lo spinse in avanti.

«E t'ho detto sta' bono. Vuoi che ci caccino prima ancora di essere entrati?»

Si avviarono nel corridoio lasciandosi alle spalle l'agente che continuava a guardarli in cagnesco.

«Stefano, questi ci considerano tutti dei ladroni, cazzo. Gente corrotta. Hai visto l'atteggiamento schifato di quel coglione.»

«Ma lascia stare. Lo sai come funziona da noi. Quando girano certe voci i coglioni reagiscono così. Per fortuna sono la minoranza.»

Proprio in quel momento incrociarono due agenti delle volanti che si avviavano verso l'uscita. Uno dei due disse all'altro a voce alta: «Andiamo a togliere lo stereo dalla macchina che ci stanno quelli di Valdenza.»

Voleva essere solo una battuta, ma il momento scelto non poteva essere peggiore. Ciondolo *gli si avventò contro inveendo.*

«Che cosa hai detto? Ridimmelo in faccia, se hai il coraggio, testa di cazzo.»

L'agente cercò di scusarsi.

«Era una battuta. Ma che diamine. Siamo un po' nervosetti a quanto pare, collega.»

L'intervento del sovrintendente Mariucci fu provvidenziale. Prese con sé gli ospiti e li fece accomodare nel suo ufficio. Cercò di consolarli esprimendosi con il classico intercalare del "de'" livornese.

«De', Stefano. Non te la prendere. Sono ragazzi giovani, non capiscono che su certe cose non si scherza. Certi guai possono capitare a tutti quando si fa questo lavoro.»

«Che cazzo ne sanno questi della polizia? Appena entrano sembrano già tutti professori. Non hanno rispetto per gli anziani, non sanno cosa significa la gavetta» confermò Stefano Bini.

«De', non ci pensiamo più. Veniamo a noi. Come stai?»

«Andiamo avanti, Luca. Quello che è stato è stato.»

Esauriti i convenevoli, il padrone di casa passò al dunque.

«Perché vi interessa Bruno Lampis? Lo hanno arrestato quelli della Criminalpol nell'ambito dell'indagine che ha coinvolto il vostro capo. Ve ne state occupando anche voi?» chiese Mariucci.

Bini si aspettava quella domanda e si era preparato bene la risposta. Non dovevano dare l'impressione di voler interferire con l'indagine della Criminalpol. Il collega non era stupido, non si sarebbe lasciato coinvolgere in un impiccio del genere.

«Per carità, Luca. Da quelli della Criminalpol più stiamo lontani e meglio è. Abbiamo una delega da chiudere. Roba precedente all'arresto.»

Mariucci lo guardò un po' dubbioso. "Che strana combinazione" pensò.

«Va bene. Ditemi di cosa si tratta. Però ve lo dico prima: io non voglio rogne. Non tiratemi dentro ai vostri casini ché già mi bastano i miei.»

«Tranquillo, Luca. Si tratta di questo: un mesetto fa, un nostro informatore ci ha detto che alcuni calabresi che risiedono da noi aspettano un carico di cocaina proveniente dal Venezuela. Nel blocco, cento chili sono per loro. Il nostro amico, però, dice che la nave ha avuto un'avaria e si è dovuta fermare a Barcellona. Lì hanno trasferito tutto ciò che trasportava a bordo di un'altra nave, mischiando i container. Quando la nave è arrivata a Livorno, il tizio che avrebbe dovuto prendere in consegna il container con il carico di cocaina è andato in confusione e non è riuscito a individuarlo, così addio alla bamba. I calabresi sono incazzati neri con il tizio e pretendono che lui si metta a cercare per tutto il porto finché non ritrova il carico. Questo sfigato, secondo il nostro informatore, è Bruno Lampis. Così ce l'hanno raccontata. Noi stiamo addosso ai calabresi per beccarli in flagranza quando gli arriverà la droga, ma volevamo capire quanto c'è di vero in questa storia e se il tipo è davvero talmente coglione da perdersi un carico così importante.»

«Certo che sì. Abbiamo saputo anche noi di questa storia del container perso. Ci dovrebbe essere una tonnellata di cocaina dentro e non si sa dove sia finito. Non siete i primi a interessarvi della cosa. Ci sono altri uffici investigativi che stanno indagan-

do sui destinatari del resto del carico. Il GOA *della guardia di finanza, per esempio. Pare che duecento chili fossero destinati ai clan di Napoli dei Quartieri Spagnoli e della Sanità, ai Fortino in particolare, che stavano messi male nella guerra in atto con quelli di Secondigliano e con questo carico speravano di fare un po' di soldi per armarsi meglio.»*

I due poliziotti di Valdenza si scambiarono uno sguardo d'intesa, mentre Mariucci continuava a parlare.

«Per completezza, a noi risulta che la nave madre partita dal Venezuela abbia subìto un attentato nel porto di Barcellona, dove era attraccata per fare rifornimento. Perciò è stata costretta al trasbordo. Siamo stati dietro a Lampis per un po'. Non faceva nulla per nascondere il suo nervosismo. Si agitava tutto il giorno in giro per il porto. Sembrava un indemoniato. Poi sono arrivati quelli della Criminalpol e l'hanno portato via. L'ordinanza di applicazione della misura cautelare non l'ho letta, ma si dice che un pentito di camorra abbia rivelato il suo ruolo di basista nei traffici di cocaina che passano per il porto di Livorno. Ha fatto un casino questo coglione. Se non sta attento, ci sta pure che lo ammazzino in carcere.»

«Ho capito. A quanto pare la nostra fonte è ben informata» commentò Bini.

«Pare proprio di sì» confermò Mariucci, che poi chiese: «Non è che potreste farmi avere una copia della misura cautelare? Voi dovreste avercela, visto che dentro c'è anche il vostro capo».

Si rese conto che Ciondolo *lo stava guardando storto e aggiunse: «Senza offesa».*

«Non ti preoccupare. Appena rientriamo a Valdenza te la mando. Grazie per la collaborazione, Luca. Noi avremmo finito» concluse Bini.

«Che fate? Andate già via?»

«Sì. Però, prima facciamo un giro al porto e si mangia un cacciucchino.»

«Ah, ecco. Mi sembrava strano. Aspettate che vengo con voi, altrimenti vi rifilano il bidone.»

Mariucci prese la pistola dal cassetto, se la sistemò nella cintola e uscì insieme ai colleghi.

28

Conclusa la visita all'hotel Gaudio, decidemmo di dare un'occhiata anche alla clinica privata Villa Glori.

La struttura, una moderna palazzina bianca quasi tutta a vetri, si trovava a pochi chilometri di distanza dall'albergo, sulla vecchia strada che portava a Firenze prima della costruzione del tratto appenninico dell'Autostrada del Sole.

Decidemmo di cambiare approccio rispetto all'albergo, dove avevamo buone probabilità di essere i primi poliziotti a presentarsi per fare domande sulla vittima dell'omicidio. Nella clinica, invece, il dottor Marco Romoli ci lavorava ed era impossibile che nessun investigatore fosse passato ad acquisire informazioni. Una nostra sovrapposizione sarebbe stata troppo rischiosa, innescando una serie di verifiche che avrebbero coinvolto anche quelli della Criminalpol, con tutte le conseguenze del caso. Così, ci presentammo come normali cittadini con problemi di salute.

Per essere più precisi, il ruolo del malato fu assegnato a maggioranza assoluta all'ispettore Proietti, il quale appariva molto più credibile di me e Sarripoli in tale veste. Magro come un giunco, leggermente curvo di spalle, smunto in viso e con spessi occhiali da vista, era perfetto per interpretare la parte. Noi due, invece, eravamo i vecchi amici di gioventù che lo accompagnavano per sostenerlo.

Entrammo nell'atrio della struttura e aspettammo il nostro turno per poter accedere alla reception.

Il totem bianco e azzurro, che faceva da distanziatore per la fila, riportava la mission della clinica:

"*La Casa di Cura* Villa Glori *è una struttura sanitaria polispecialistica, accreditata con il Sistema Sanitario Nazionale (*SSN*) e convenzionata con le principali assicurazioni sanitarie. L'attività della struttura si inserisce anche nel contesto del* SSN *in modo da offrire ai pazienti residenti nella Regione Toscana e nelle altre regioni d'Italia opportunità diagnostico-terapeutiche di ottimo livello, assistenza di pari qualità con caratteristiche ambientali di buon comfort alberghiero*".

Si vantava di possedere un'unità di Osservazione intensiva breve interspecialistica con quattro posti letto e cento posti di degenza ordinaria di cui dieci riservati al day surgery/day hospital. Effettuavano diagnostica a tutti i livelli, visite specialistiche, interventi chirurgici e ricoveri.

Non ero molto esperto di questioni riguardanti la sanità, ma quel prospetto mi suggeriva che ci trovavamo in un ospedale a tutti gli effetti. Un ospedale privato, però, non pubblico, dove, pagando, potevi evitare di aspettare mesi per una TAC o una visita specialistica e potevi ricevere "*un'assistenza di pari qualità con caratteristiche ambientali di buon comfort alberghiero*"».

Un modello di sanità privata importato dagli Stati Uniti: aziende create per fare profitti in cambio di servizi pagati dalle assicurazioni. Migliore, e quindi più costosa, è l'assicurazione, migliori sono le cure che si ricevono, riflettei. Ma avendo tenuto in piedi anche il vecchio sistema della sanità pubblica spesso il risultato era pagare due volte per la stessa prestazione. Con le tasse si finanziava l'acquisto di costosi macchinari per esami diagnostici che poi, se non si volevano aspettare mesi o anni, si era costretti a fare a pagamento in strutture come quella. Accantonai quella triste constatazione avendo cose più urgenti di cui occuparmi in quel momento.

Arrivò il turno di Proietti. La ragazza addetta al ricevimento portava il camice bianco con il logo della clinica ed era di bella presenza, come richiedeva un ambiente di "buon comfort alberghiero" come quello. Io e Sarripoli, per non dare troppo nell'occhio, restammo seduti sulle panche della sala d'attesa, ma potevamo sentire tutto.

La ragazza recitò a memoria il messaggio di benvenuto che le avevano insegnato al corso di comunicazione frequentato dopo l'assunzione. Sembrava la registrazione di una segreteria telefonica, mitigata, nella sua freddezza, da un sorriso di circostanza che, da solo, valeva metà dello stipendio percepito.

«Buongiorno signore, mi chiamo Lisa e le do il benvenuto a nome di tutto lo staff della clinica Villa Glori, come posso aiutarla?»

Proietti entrò nella parte come un attore consumato.

«Circa un mese fa, ho notato un rigonfiamento dei linfonodi ascellari. Il medico mi ha prescritto degli approfondimenti e un esame istologico sulla base del quale mi è stato diagnosticato un linfoma di Hodgkin. Un mio amico, che ha avuto in passato lo stesso problema, mi ha detto che qui lavora un oncologo molto bravo per queste cose. Volevo prenotare una visita con lui.»

«Certo, signore. Che nome le hanno dato?»

«Il dottor Marco Romoli.»

A quel nome, l'essere umano che albergava in quel corpo perfetto dal sorriso smagliante prese il sopravvento. Per la prima volta si percepì un'emozione.

«Temo che non sarà possibile, signore. Il dottor Romoli non lavora più qui. Purtroppo, è deceduto.»

Proietti manifestò stupore e sconcerto, come se fosse stata davvero la prima volta che apprendeva quella ferale notizia.

«Ma… so che era giovane. Come è possibile?»

La ragazza si avvicinò di più a lui sporgendosi in avanti sul bancone della reception.

«Ne hanno parlato anche i giornali. È stato ucciso da un marito geloso una decina di giorni fa. Pare un commissario di polizia. Ancora non mi capacito. Era tanto una brava persona, oltre che un bravo medico.»

«Lo so. Me l'hanno detto. Aveva molti pazienti che lo stimavano.»

«È vero. Non solo in Toscana. Curava anche persone che venivano da altre parti d'Italia, soprattutto dal Sud. Era stimato e rispettato da tutti. Qualcuno si era addirittura trasferito da queste parti per essere seguito meglio.»

«Ah, sì? Addirittura?»

«Certo, volevano che fosse lui a seguire personalmente i cicli di chemioterapia. Anche a domicilio.»

All'improvviso la ragazza si accorse che la fila aumentava e rientrò nel suo ruolo professionale.

«Comunque, signore, abbiamo professionisti altrettanto bravi nel settore. Se vuole, posso prenotarle una visita con il dottor Manzo o con la dottoressa Ficarra, oncologi anche loro.»

«Magari torno. Ci voglio pensare un attimo. Ero venuto con l'idea del dottor Romoli, ora sono un po' confuso.»

«Va bene. Come vuole. Le auguro una buona giornata, signore.»

Sorriso.

29

Il pulmino iniziò il giro alle diciotto, come tutte le sere. Passava per i vari appartamenti dove erano alloggiate le ragazze come fosse uno scuolabus. La maggior parte di loro aveva il nome che finiva con "ana" o con "ina": Diana, Tatiana, Svetlana, Oksana, Irina, Alina, Karina. L'autista e factotum del locale si chiamava Rudy e adorava il suo lavoro. Lo avrebbe fatto anche gratis. Ogni volta restava incantato a osservarle quando salivano a bordo. Erano tutte giovani e belle. I vestiti succinti, il trucco, il profumo erano solo strumenti del mestiere. Armi per incantare e stordire gli attempati frequentatori del night. «Mi offri qualcosa da bere?» Costringerli alla resa. Bottiglie stappate. Altri soldi da mandare a casa. Con un tappo la famiglia ci mangiava una settimana. Era una guerra che bisognava assolutamente vincere. Ogni maledetta serata.

Rudy dava loro la carica e le motivava. A ognuna riservava un complimento: «Sei bellissima... sembri un fiore... sei una bambola... stasera li farai impazzire».

Il pulmino arrivò davanti all'ingresso del night club "L'anatra pazza" a Barberino e le ragazze scesero. A godersi lo spettacolo, appoggiati alla macchina di servizio, c'erano Bini e Ciondolo. *Di ritorno da Livorno, si erano fermati in ufficio a Valdenza per sbrigare qualche pratica e attendere l'orario giusto per presentarsi al night. Che senso avrebbe avuto arrivare prima?*

Il titolare del locale, Simone Bongi, e il suo guardaspalle, Hoti Xaier, erano in vacanza nelle patrie galere, ma il night era aperto lo stesso. "The show must go on" dicono nel mondo del circo quando un acrobata si fa male durante il suo numero. Gli altri entrano in scena e cercano di nascondere l'accaduto. Perché lo spettacolo deve continuare, non si può interrompere e lasciare che il panico prenda il sopravvento.

Ad accogliere Bini e Ciondolo *c'era l'altro socio: Lapo Guidi. Un cinquantenne basso e grassoccio con la faccia simpatica. Aveva già un lavoro, era impiegato all'*INAIL*. Aveva investito in quella attività più per passione che per guadagnarci. Gli piaceva quel mondo e tutto ciò che gli ruotava intorno. Frequentarlo lo faceva sentire un po' come il suo idolo, il suo artista e cantante preferito: Franco Califano. Certo, la natura non gli aveva donato il fisico e il carisma del "Califfo", ma era simpatico e se lo faceva bastare.*

I due poliziotti della Mobile di Valdenza entrarono dopo l'ultima delle ragazze. Bini chiamò in disparte il gestore e gli mostrò il tesserino. Lapo Guidi reagì come fanno tutti coloro che lavorano in questo tipo di locale: massima disponibilità, atteggiamento ossequioso e offerta di qualcosa da bere, ovviamente rigettata come da prassi. Dopo questo passaggio preliminare, l'omino grassoccio si avviò verso l'ufficio privato e chiese agli altri di seguirlo.

«Se ci trattassero pure fuori come ci trattano nei night, il mondo sarebbe un luogo perfetto» commentò Ciondolo *a bassa voce.*

«Sì, e noi si sarebbe tutti in galera. Sta' bono su, non dire cazzate» lo stoppò subito il suo capopattuglia.

Guidi si sedette dietro la scrivania nel piccolo locale e invitò i suoi ospiti ad accomodarsi sulle poltrone davanti. Bini si sedette, mentre Giordano restò in piedi e prese a ciondolare come al solito. Il padrone di casa tirò fuori una sigaretta dal pacchetto e se la portò alla bocca.

«Vi da fastidio se fumo?»

«Sì» rispose Bini.

Il gestore ripose la sigaretta dove l'aveva presa senza ulteriori commenti.

«Ragazzi, ma voi non siete di queste parti? Non vi ho mai visti.»

«Nemmeno noi ti abbiamo mai visto. Infatti, ci stavamo chiedendo, tu chi cazzo sei? Hai preso il posto di Simone e Hoti? O sei solo una riserva in attesa che rientrino i titolari? Se è così, mi sa che hai da aspettare molto per rivederli» rilanciò Ciondolo *con un tono volutamente aggressivo.*

«A meno che non decida di andare lui a passare un po' di tempo con loro» precisò Bini rivolto al collega.

Ciondolo *approvò: «Giusto».*

Lapo cominciò a provare un senso di disagio. Quei due non gli piacevano per nulla e lui non era abituato a tenere a bada gente come loro. Si ripromise che da quel momento in poi avrebbe mirato a due obiettivi: non farli incazzare e fare in modo che se ne andassero il più presto possibile. Anche perché bisognava organizzare la serata.

«Sono uno dei soci di Simone. Lo sto solo sostituendo in questo periodo per non chiudere l'attività e lasciare in mezzo alla strada tante persone, tra figuranti di sala, barman e altri addetti. Comunque io sono a vostra disposizione, ditemi pure cosa posso fare per voi.»

«Tranquillo, si vede che sei una brava persona e che ti ci sei

trovato in questa situazione. Certo che gli ha fatto uno scherzetto con i fiocchi il suo amico a Simone.»

Lapo abboccò all'amo come una boga.

«Si vede che non era tanto amico.»

«Certo, lo dici ora. Ma si frequentavano, no? Veniva spesso qua» continuava a incalzarlo Bini.

«Sì, veniva. Mi è capitato di vederlo qualche volta, ma non c'ho mai avuto a che fare. Simone me lo presentò, però con me c'era solo il saluto, quando ci si incrociava.» Abbassò il tono della voce: «Siete toscani voi, vero?» chiese, come se fosse in cerca di complicità.

«Certo che sì. Che non si vede, bischero?» rispose Ciondolo.

«Allora ve lo posso dire: a me questi napoletani non mi sono mai piaciuti. Sono tutti delinquenti. Io gliel'avevo detto a Simone di stargli lontano. Si vedeva dalla faccia che era un tipo pericoloso quello. Camorra ce l'aveva scritto in fronte.»

«Veniva solo, al night?» chiese Bini.

«A volte da solo, a volte in compagnia di amici.»

«Che amici? Napoletani come lui?»

«Qualche volta sì. Ma non solo. L'ho visto anche con gente di qui. Gente a modo. Lui ostentava ricchezza. I soldi non gli mancavano. Vestiva bene, comprava le migliori bottiglie.»

«Ragazze?» domandò Ciondolo.

«Aveva un debole per Irina, una ragazza che sta con noi da più di un anno. Tra loro era nata un'amicizia. A volte uscivano insieme dal locale.»

«Pagava a voi?» insinuò Bini.

Lapo, che si stava pian piano rilassando, si fece riprendere dal panico.

«No, no, sta' bono. Non si prende soldi da chi esce con le nostre ragazze. Non si agevola la prostituzione qui. Questo è un locale che ha trent'anni di storia alle spalle. Siamo gente seria noi.»

Ciondolo la buttò sull'ironia: «Come no? Perciò ora sono a Sollicciano. Perché son gente seria».

Bini cercò di riprendere il dialogo.

«Senti, Lapo, ma ci possiamo parlare con questa Irina?»

Il gestore accolse subito la richiesta, non parendogli vero di avere la possibilità di sottrarsi a quell'assedio. Uscì dalla stanza e rientrò un minuto dopo con una sventola bionda di un metro e ottanta, di cui almeno un metro e quaranta di cosce sode coperte con una striscia di stoffa, di una ventina di centimetri, venduta come gonna. La consegnò ai due poliziotti come prezzo del riscatto e fece per andarsene. Bini lo fermò.

«Lapo, ora che vai di là, fammi la cortesia, scaricami su una chiavetta USB le registrazione di quella bella telecamera che avete all'ingresso. Non ti dispiace vero?»

Il gestore farfugliò qualcosa che aveva a che vedere con le regole della privacy.

«Tranquillo, amico mio. Te lo sta chiedendo la polizia mica le Giovani Marmotte» tagliò corto Ciondolo per superare le resistenze del gestore.

Lapo manifestò un cenno di rassegnato consenso e uscì dalla stanza chiudendosi la porta alle spalle.

La ragazza si mise a sedere sul bordo della scrivania. Aveva degli occhioni azzurri come il mare del Cilento.

«Cosa posso fare per voi?» chiese, con una consumata aria ingenua.

«E che puoi fare, Irina? Potresti fare tante cose, purtroppo te ne possiamo chiedere una sola: rispondere a qualche domanda» replicò Bini.

«Su cosa?»

«Su Ciro, il tuo amico napoletano.»

Irina capì subito di chi si parlasse.

«Lo hanno arrestato e lui a fatto arrestare anche Simone e Hoti, questo vi posso dire. Ma lo sanno tutti.»

«Ma tu ci uscivi, Irina, gli altri no» commentò Ciondolo.

«Siamo usciti cinque o sei volte, non di più.»

«E dove ti portava?» chiese Bini.

«Aveva una villa sulla collina sopra il lago. La prima volta mi ha portata lì. Le altre volte si andava in un motel all'uscita dell'autostrada.»

«Perché in un motel? Era sposato?»

«Non lo so. Mi disse solo che nella villa non si poteva più andare e così si andava in albergo. Comunque, non mi pagava, se è questo che volete sapere. Mi faceva qualche regalo, anello, collana, orologio, ma non mi pagava. Non sono una puttana io.»

«Stai calma, Irina. A noi, francamente, che ti pagasse o meno non ci interessa. Dicci solo dove si trova questa villa» la tranquillizzò Bini.

«Non lo so. Guidava lui e poi era notte. Mi ricordo solo che aveva due colonne al cancello d'ingresso e c'era scritto Villa Beatrice.»

«Ci può bastare, sei stata gentilissima» concluse Bini e la congedò.

I due rimasero soli nella stanza.

«Che ne dici? Si va via?» chiese il sovrintendente a Ciondolo.

«Penso di sì. Di più non sanno. Andiamo che ci si ferma in autogrill. Voglio prendere un'acqua tonica che ho ancora i pesci del cacciucco che litigano tra loro nella pancia.»

«Ma che dici? Non hai mangiato nulla» replicò Bini al suo amico magrissimo e sempre in movimento.

«Ho mangiato, ho mangiato. Era bello peso, solo che tu non te ne accorgi perché hai una betoniera al posto dello stomaco.»

Bini si fece una risata: «Ma vaffanculo... la betoniera adesso... questa non l'avevo mai sentita. Comunque, niente autogrill per il momento. Prima facciamo un giro sulle colline per cercare questa Villa Beatrice».

«Cazzo. Ma ci faremo giorno.»

«Ma che dici? Non siamo mica a Los Angeles. Quante ville vuoi che ci siano qui intorno.»

Si avviarono verso l'uscita e lasciarono il locale senza salutare nessuno.

30

La famiglia è un luogo dell'anima. Non si deve confondere con i mattoni della casa dove a volte dimora, non richiede necessariamente una presenza fisica. È un modo di sentire il mondo e di sentirsi al mondo, la profonda differenza tra la fredda e buia solitudine e il senso di un viaggio verso una meta comune. È ciò che ti resta quando stai perdendo tutto. Una scatola da aprire per vedere cosa c'è dentro che possa aiutarti a sopravvivere. A volte è un appiglio che può salvarti mentre scivoli verso il baratro, altre volte è solo un'illusione che si spegne alla prima folata di vento. La famiglia è amore inconsapevole e necessario, ma può diventare anche odio e rancore. È un albero dai frutti buoni o velenosi, dipende da dove affonda le sue radici e da come è stato coltivato nel tempo. La famiglia è tutto o è niente. Per torto, ragione o semplicemente per buona sorte.

Io ero stato fortunato. O forse anche capace, non lo so. Avevo aperto la scatola e ci avevo trovato quello che mi serviva. Alessandro e Chiara stavano seduti al mio fianco sulla panchina sotto il salice piangente, nel parco del villone Puccini. La mamma gli aveva consigliato di "andare a trovare la nonna" e, per il tramite di Proietti, mi aveva fatto sapere il giorno e l'orario della visita. Francesca aveva avuto anche l'accortezza di non partecipare all'incontro e aveva fatto bene. Le tante questioni ancora aperte tra di noi e i rancori non sopiti avrebbero condizionato negativamente quei momenti.

I ragazzi, come li chiamavo io, facendo difficoltà ad accettare il fatto che ormai fossero un uomo e una donna, avevano messo in pausa lo scorrere frenetico delle loro vite e si erano guardati dentro. Ci avevano trovato il mio dolore e il bisogno di essermi vicini per combattere la paura di perdermi. L'amore è il bene più prezioso al mondo, ma è come l'aria, non gli attribuiamo un valore, non sappiamo apprezzarlo finché non ci rendiamo conto di quanto ne abbiamo bisogno mentre stiamo per soffocare.

Alessandro era tornato da Gitega, la capitale del Burundi, dove si trovava in missione umanitaria con la Onlus di don Angelo. Chiara aveva preso qualche giorno di ferie dall'università di Milano. Quando li raggiunsi bastò un abbraccio per dirsi tutto. L'essenziale. Le parole che seguirono furono solo dettagli e circostanze. Cronaca di cose destinate a farsi dimenticare.

Cercai soprattutto di rassicurarli, come avrebbe fatto qualunque padre al mio posto. Anche se, guardandoli, mi rendevo conto che non erano più i ragazzi che avevo accompagnato tante volte in quel parco al tempo dei giochi e della spensieratezza. Alessandro aveva attraversato l'inferno della dipendenza dall'eroina. Aveva combattuto una battaglia disperata e l'aveva vinta. Poi, si era messo al servizio degli altri, aiutando gli ultimi in quelle terre dove la vita mostra il suo aspetto più atroce. Chiara era una donna indipendente, che aveva inseguito i suoi sogni senza fermarsi davanti a nulla. Ero orgoglioso di loro. Li guardavo e pensavo una cosa folle, avrei voluto urlare ai mie accusatori: ma avete visto i miei figli? Come pensate di potermi fare del male con due figli così?

Abbandonai quel pensiero, che mi fece sorridere per un attimo, e mi rivolsi a entrambi.

«Credo che ormai la storia la conosciate bene. Non ho molto altro da aggiungere a quello che vi avrà detto mamma. Mi hanno incastrato. Si è messo in moto un meccanismo perverso e io ci sono finito dentro. Non è la prima volta che accade, anche a persone come me. Qualcuno dice delle cose, la palla inizia a rotolare, chi può fermarla non lo fa, per interesse, per viltà, per invidia, così finisce per travolgere tutto ciò che trova davanti a sé. È una vecchia storia, antica come l'uomo. In fondo, siamo la stirpe di Caino. Cosa ci possiamo aspettare? Ma io ne verrò fuori. Anche stavolta. Di questo potete esserne certi.»

I ragazzi annuirono. Poi, Chiara, confermando il suo carattere molto pratico, andò subito alle cose concrete.

«Abbiamo dato incarico di difenderti all'avvocato Giuliani, che tu conosci. Si è studiato le carte ed è molto fiducioso. Dice che non sono stati acquisiti riscontri oggettivi sulle dichiarazioni fatte dal collaboratore di giustizia contro di te. Non hanno verificato nemmeno la tua presenza in zona attraverso i tabulati delle utenze telefoniche. Poi, è entrato in possesso di informazioni che potrebbero scagionarti completamente. Non mi chiedere quali perché non lo ha detto nemmeno a me. Dice che non può esporre a rischi la fonte. Ha già presentato la richiesta di riesame della misura; si dovrebbe discutere nei prossimi giorni. Secondo lui ci sarebbero buone possibilità di un annullamento della custodia cautelare in carcere.»

«Ha detto anche che non ti possono contestare il reato di evasione perché la misura non ti è mai stata notificata. La mattina che sei andato via di casa non eri a conoscenza del provvedimento restrittivo a tuo carico» aggiunse Alessandro. Poi chiese: «Ma tu questo lo sapevi, vero? Lo hai fatto apposta?».

Glissai sulla risposta cambiando discorso, quasi vergognandomi di dover ammettere di aver fatto il furbo con la legge.

«Come sta Snaus?» chiesi. Ormai il nostro pastore tedesco faceva parte della famiglia a tutti gli effetti. Mi mancava e mi sarebbe piaciuto se ci fosse stata anche lei insieme a noi.

«Sente la tua mancanza, babbo. Ma, in compenso, quando ha rivisto noi due insieme, per poco non le veniva un colpo. È impazzita di gioia, bellina...» raccontò Chiara.

Mi accorsi che era entrata una volante che procedeva lentamente all'interno del parco. Alzai il bavero del giaccone e scesi più in basso possibile sulla panchina. Non potevano passare con la macchina nel vialetto stretto dove ci trovavamo, ma non volevo correre il rischio di essere riconosciuto.

Aspettai che si allontanassero dalla nostra zona.

Salutai i miei figli, promettendogli ancora una volta che presto tutto sarebbe finito e mi allontanai a passo svelto e con il capo chino. Come fossi un ladro che scappa dopo aver commesso un furto.

Mi umiliò molto doverlo fare, soprattutto davanti a loro. Gli avevo insegnato che l'onestà è uno dei valori più importanti nella vita, perché ti consente di andare in giro a testa alta e di non abbassare lo sguardo davanti a nessuno. Mi ero sforzato di essere un buon esempio, ma quel giorno, per la prima volta, non mi sentii all'altezza del mio compito di padre.

31

La vecchia stazione abbandonata della Porrettana era diventata la nostra base operativa. Una specie di avamposto della squadra mobile di Valdenza. Fu lì che ci incontrammo la mattina dopo per mettere insieme gli indizi che avevamo raccolto.

Cominciava a piacermi quel posto. Infondeva un senso di pace e armonia. Ormai, l'erba cresciuta tra i binari e tra le vecchie traverse in legno aveva coperto tutto. Eppure, di vita ne era passata in quella stazione. Uomini in tight con i baffi arrotolati all'insù, cilindro in testa e bastone con l'impugnatura d'avorio. Donne strette nei corsetti, con le gote rosse di cipria sotto le falde di enormi cappelli piumati. Bambini in pantaloncini corti e calzettoni alti fino al ginocchio. Chiudendo gli occhi riuscivo a sentire anche il loro vociare e gli sbuffi di vapore della locomotiva che arrancava sulla ripida salita.

Proietti, Sarripoli, Bini e *Ciondolo* arrivarono verso le undici, dopo aver finito gli ultimi accertamenti. Li feci entrare e ci sistemammo alla meglio nella stanza. Fuori faceva freddo, ma la stufa che mi aveva procurato Sarripoli riscaldava bene il piccolo ambiente.

Quella volta ci pensò *Ciondolo* a portare la colazione: caffè e cialde appena sfornate. Un dolce friabile a forma di disco tipico di Montevettolini, prodotto da un ristretto numero di pasticcieri della città dalla prima metà del Novecento.

«Altro che quello schifo di cornetti precotti e surgelati» sentenziò *Ciondolo* mentre apriva il vassoio sul tavolo lasciando diffondere nell'aria il loro profumo.

Sarripoli incassò il colpo, facendo finta di non cogliere l'allusione indirizzata a lui. Per essere più credibile, oltre a non dire nulla, fu il primo a fiondarsi sui biscotti.

Percepivo una strana eccitazione nell'aria. Soprattutto Proietti sembrava ansioso di cominciare a parlare. Senza nemmeno darmi il tempo di finire il caffè, mi passò la copia di un cartellino fotosegnaletico. Osservai attentamente l'immagine di fronte e di profilo ma non mi diceva nulla.

«Chi è questo?» chiesi.

«Non lo conosci? È l'uomo che avresti assoldato per uccidere il dottor Marco Romoli.»

«Questo è Ciro Auriemma?»

«Proprio lui.»

Mi passò un'altra foto.

«E questo è il tatuaggio che porta sul dorso della mano sinistra: i cinque punti della malavita e un tulipano nero. Non per niente lo chiamano Van Gogh. I colleghi della Scientifica hanno fatto un bel lavoro. Questa volta Trimboli si è dato da fare.»

«Aspetta... aspetta... quindi era Ciro Auriemma il tipo che la sera andava a prendere Romoli in albergo con l'auto scura di grossa cilindrata?» lo incalzai.

«Pare proprio di sì. Mi sentirei di escludere che possa trattarsi di un'altra persona, con gli stessi tatuaggi, che frequentava la stessa zona di Auriemma nello stesso periodo.»

In effetti, pur a voler essere scettici, l'unica conclusione plausibile era quella. Ciro Auriemma, il collaboratore di giustizia che mi aveva accusato di avergli chiesto di uccidere Marco Romoli, in realtà, lo conosceva bene e lo frequentava anche.

«Perché?» mi venne istintivo chiedere.

«Perché cosa?»

«Per quale motivo si frequentavano? Erano amici? Condividevano qualche interesse particolare? Che tipo di rapporto c'era tra i due?»

Proietti allargò le braccia: «... E che ne so io» ammise candidamente.

«Scusa Fabio, non lo stavo chiedendo a te. Pensavo a voce alta. Voi avete fatto un ottimo lavoro e mi rendo conto che non possiamo ancora sapere tutto, visti i tempi e le condizioni in cui stiamo lavorando. Ora dobbiamo capire perché quei due si frequentassero» lo tranquillizzai. Poi gli chiesi: «Avete fatto accertamenti più approfonditi su Auriemma?».

«Ho parlato con un ispettore anziano della sezione criminalità organizzata della Mobile di Napoli. Uno che le mappe dei gruppi criminali le ha stampate in testa. Per lui non ci sono dubbi: Ciro Auriemma sta nel clan dei Settimio. È considerato uno degli uomini più fidati del boss Gaetano Surace, detto Gaetano *capa e' fierr*, latitante da più di venti anni.»

«Ma nell'ordinanza applicativa delle misure cautelari Auriemma viene indicato come appartenente al clan Fortino. Infatti, non ha chiamato nessuno del clan Settimio in correità» obiettai, avendo passato una notte intera a leggere quelle carte.

«Lo so, per questo i colleghi di Napoli lo ritengono inattendibile. Secondo loro, Van Gogh ha mischiato un po' di cose per puntare a ottenere i benefici dello status di collaboratore.

Anche perché non ha alternative, viste le condanne definitive all'ergastolo che ha sul groppone.»

Sarripoli agguantò un'altra cialda e riprese a sgranocchiare. Nessuno disse nulla, anche *Ciondolo* lasciò correre.

«E voi? Cosa avete scoperto di interessante?» chiesi a Bini.

«Per quanto riguarda Livorno, la storia è questa: Bruno Lampis è finito in galera, grazie alle dichiarazioni di Auriemma, proprio mentre stava cercando di recuperare un grosso carico di cocaina partito dal Venezuela e destinato in parte ai clan dei Quartieri Spagnoli e della Sanità, a iniziare dal clan Fortino che avete nominato prima. Duecento chili erano per loro, il resto per i calabresi e altri gruppi non meglio specificati.»

«In che senso "stava cercando di recuperare", Stefano?» domandai.

«Lo hanno perso. O meglio, il carico è arrivato nel porto di Livorno, ma si trova in uno delle centinaia di container sbarcati dalla nave e loro non sanno quale. La nave originale partita dal Venezuela ha subìto un attentato nel porto di Barcellona, dove si era fermata per fare rifornimento, ed è stata costretta a trasbordare tutti i container che poi sono stati presi in carico dall'altra nave arrivata a Livorno con una nuova catalogazione. Sono stati mischiati, in pratica.»

«Porca puttana, un bel casino» esclamai.

«Un bel gatto nel carbone. Tradotto in tedesco: *Eine Katze in der Kohle*» commentò Sarripoli, che ormai aveva imparato questa cosa e la ripeteva ogni volta che l'occasione gli sembrasse indicata.

Nessuno rise.

«Chi ha messo fuori uso la nave madre a Barcellona ha

procurato un bel danno ai clan di Napoli e ai calabresi. Ora che Lampis è in galera come faranno a rintracciare il carico?» chiesi.

«E chi lo sa? Con il suo arresto la situazione si è ulteriormente complicata» replicò *Ciondolo*.

«Al night ci siete stati?»

Rispose Bini: «Certo. C'era il socio coglione a sostituire Simone Bongi, quello che mette i soldi. Ci ha detto che Ciro Auriemma ogni tanto si faceva vedere al locale e sembrava essere in ottimi rapporti con il titolare che poi ha fatto arrestare. Pare che avesse un debole per una delle ragazze del night, una certa Irina. Sono anche usciti insieme. Una volta l'ha portata in una villa che si trova da quelle parti, che lui aveva in uso: Villa Beatrice. Altre volte in un motel all'uscita dell'autostrada».

«Avete individuato questa villa?»

«Certo, abbiamo l'indirizzo. Si trova in una zona collinare isolata che guarda sul lago di Bilancino.»

«*Quante ville vuoi che ci siano? Non siamo mica a Los Angeles*... Mi ci ha fatto fare le quattro del mattino» lo canzonò *Ciondolo* facendo la sua imitazione.

«È sua la villa?» tagliai corto.

«È intestata a un'immobiliare: la Verde Casa s.r.l. Per l'anagrafe non vi risiede nessuno, ma le utenze della luce e del gas sono intestate a un giovane di Rimini: Patrizio Lubatti, morto per overdose sette mesi fa, all'età di ventisette anni» rispose Bini.

«Un prestanome?»

Annuì.

«Avete scoperto altro?»

«Per il momento questo è tutto. Ci siamo fatti dare le registrazioni della telecamera all'ingresso del locale. Ma dobbiamo ancora guardarle.»

«Okay. Avete fatto bene a prenderle, ci potrebbero essere utili.»

Sarripoli afferrò la terza e ultima cialda dal vassoio. Questa volta ci girammo tutti a guardarlo. L'ispettore, sentendosi scoperto, disse la prima cazzata che gli venne in mente per sviare l'attenzione dalla sua voracità incontenibile.

«E se fosse malato?»

«Chi?» rispondemmo noi quattro.

«Picasso... Van Gogh... come cazzo si chiama? Il killer... Voglio dire: se tu mi vedi con un meccanico pensi che mi si sia rotta la macchina e che cerchi qualcuno per aggiustarla, se mi vedi con un imbianchino pensi che ho da dipingere a casa, se mi vedi con un medico è giusto pensare che io sia malato.»

Avemmo tutti un attimo di smarrimento. Ci mettemmo un po' per capire che la sua riflessione era riferita alla prima parte della discussione, quella sulla frequentazione tra Ciro Auriemma e Marco Romoli. Una volta inquadrato il suo pensiero, nessuno trovò alcunché da ribattere. Erano le solite intuizioni di Sarripoli. Lui riusciva a mantenere un punto di vista talmente naturale sulle cose da cogliere l'ovvietà che a noi sfuggiva. Fui costretto ad ammettere che aveva ragione.

«Potrebbe essere. Marco Romoli era un oncologo molto apprezzato. Forse Auriemma aveva contatti con lui per questo motivo. Aveva bisogno delle sue cure, per se stesso o per qualche persona a lui cara. Qualcuno che vive nella villa di cui aveva la disponibilità, per esempio. Bisogna approfondire anche questo aspetto.»

«Me ne occupo io» disse l'ispettore Proietti. Poi aggiunse:

«In ogni caso, una cosa è certa: Ciro Auriemma non c'entra nulla con la morte del Romoli. Era già in carcere da un mese quando il medico è stato ucciso. Fu fermato da una volante per un normale controllo, alle otto del mattino, all'incrocio tra via della Sciaccheria e la statale 22 che porta a Firenze».

«Via della Sciaccheria è la strada che porta a Villa Beatrice» lo interruppe il sovrintendente Bini.

«Probabilmente era uscito da lì» commentai.

Proietti continuò: «Aveva documenti falsi, ma i ragazzi della volante fecero una verifica anche sul numero della patente e si accorsero di qualcosa che non andava. Lo portarono in ufficio e, grazie alle impronte digitali, scoprirono la sua vera identità.»

«Il fatto che non può averlo ucciso lui non significa che non c'entri nulla. Qui si parla di criminalità organizzata, l'esecutore materiale di un omicidio non coincide quasi mai con chi lo ha voluto. Non dimentichiamolo» mi sentii di specificare. «Di Antonio Pagano, il commercialista, cosa mi dite?» chiesi ancora.

«Lo conosci anche tu. Si presta a fare queste operazioni perché gliele pagano bene. Dice che fa il suo lavoro. Non tocca a lui indagare sulle persone che gli chiedono di curare i loro interessi finanziari e commerciali. L'unica cosa positiva è che ha smentito Ciro Auriemma. Ha detto che non è vero che ti aveva incontrato per sbloccare la concessione della certificazione antimafia per la società che stava acquisendo i tre alberghi del gruppo Anselmi a Montevettolini. Tantomeno che tu gli avevi chiesto di parlare direttamente con la persona interessata all'operazione per uno scambio di favori.»

«Qualcuno che dice la verità esiste ancora. Mi tornerà utile quando faranno il riesame della misura cautelare a mio carico» commentai con sarcasmo.

«A proposito di riesame della misura, Francesca ha dato incarico all'avvocato Giuliani di rappresentarti. Mi sono permesso di fargli avere anche una copia delle sommarie informazioni rese da Barbara Melani. Il particolare dove lei afferma che ti fermavi a dormire a casa sua il mercoledì sera ti può tornare molto utile. Ovviamente l'ho data a lui direttamente facendogli presente che non è il caso che Francesca ne venga a conoscenza. Anche perché l'udienza di riesame non è pubblica.»

Lo sapevo già, ma feci finta di nulla e lo ringraziai. Nel farlo provai un certo imbarazzo che, pensandoci bene, non aveva più fondamento, visto che ormai tutti erano a conoscenza degli aspetti più intimi della mia vita privata.

Stavamo per chiudere quella insolita riunione quando Bini introdusse un altro argomento.

«Stiamo facendo troppo puzzo, capo. L'altra sera, al night, c'era tanta gente. C'è il rischio che arrivi qualcosa all'orecchio della Criminalpol, visto che quella è zona loro. Che gli diciamo al suo collega Crisanti se lo viene a sapere?»

Bini aveva ragione. Anche noi potevamo essere stati notati da qualcuno all'hotel Gaudio o alla clinica Villa Glori. Improvvisamente mi sentii in colpa per i pericoli che stavo facendo correre ai miei uomini.

Fortunatamente l'ispettore Sarripoli partorì un'altra delle sue genialate.

«Facciamo aprire un altro procedimento dalla nostra Procura, così potremo muoverci senza problemi con la loro delega per le indagini.»

«Cosa ci possiamo inventare per fare in modo che da Valdenza si possa arrivare a indagare fino al Mugello?» chiesi, aspettandomi da Sarripoli una risposta banale alla quale nessuno aveva pensato. Invece, fu Proietti a tirar fuori l'asso dalla manica.

«Io sto trattando una denuncia a carico di ignoti presentata da Carlo Anselmi, quello degli alberghi. Prima che si convincesse a cedere l'azienda, aveva subìto delle minacce e delle richieste estorsive. È una vecchia delega del sostituto procuratore Boccuso. Si potrebbe partire da quella e arricchirla alla luce dei fatti emersi in questi ultimi tempi. Potremmo arrivare a chiedere un decreto di perquisizione per Villa Beatrice, facendo i giusti collegamenti. Se sei d'accordo, domani vado a parlarne con lui.»

«Certo che sono d'accordo. Mi sembra un'ottima idea» risposi.

32

Il Natale era arrivato a Valdenza. Bastava entrare in piazza del Duomo, passando tra il Battistero e la Cattedrale di San Zeno, per rendersene conto. L'assoluta bellezza di quel luogo si trasformava in magia e incantava, mitigando tristezza e cattivi pensieri.

L'ispettore Proietti si fermò un attimo per dare un'occhiata all'abete appena addobbato sotto il palazzo della prefettura. Notò i giornalisti della cronaca locale, Agata Troise, Lara Senzi e Pietro Zucconi, al centro della piazza che aspettavano di essere ricevuti dal procuratore, e si fermò per un breve saluto. Poi entrò nell'androne del Palazzo Pretorio, risalente al 1367, ora sede del tribunale, e si avviò verso l'ascensore. Quando si avvide del cartello "guasto" attaccato sulla porta scorrevole, stava quasi per avere un mancamento. Aveva lavorato tutta la notte per concludere la risposta alla delega del sostituto procuratore Boccuso che riguardava Pietro Anselmi ed era molto stanco. La prospettiva di dover affrontare le ripide scale che portavano agli uffici della procura, situati al terzo piano, lo fece piombare in una condizione di profondo sconforto. "Non ce la posso fare" disse tra sé, pensando al fatto che ogni piano del vecchio edificio corrispondeva a due piani di un palazzo moderno. Dopo qualche secondo di comprensibile smarrimento, si ricordò dell'importanza della missione che doveva portare a termine, si fece coraggio e si avviò.

Il sostituto procuratore Giuseppe Boccuso lo stava aspettando. Quando lo vide arrancare in debito d'ossigeno gli andò incontro nel corridoio e lo fece entrare. Il suo ufficio somigliava sempre di più a un deposito d'archivio, con le cataste di fascicoli sistemate alla meglio in ogni angolo della stanza. Gli liberò una sedia, spostando una pila di documenti, e lo invitò ad accomandarsi.

«Ha bisogno di un bicchiere d'acqua, ispettore?»

«No, grazie. Va tutto bene, mi sono ripreso.»

«Poteva chiamarmi, sarei venuto a prenderla all'ingresso riservato sul retro. Lì l'ascensore funziona.»

"Non avevo dubbi" pensò Proietti, ma non lo disse, limitandosi a ringraziarlo per la disponibilità.

Il dottor Boccuso era un magistrato quarantacinquenne che aveva scelto quel ruolo spinto da una forte motivazione ideale. Aveva studiato giurisprudenza e si era preparato per il concorso in magistratura con la ferma convinzione di voler fare il pubblico ministero. Si era fatto le ossa in Sicilia, poi era approdato a Valdenza dove aveva deciso di mettere su famiglia. Fisicamente minuto, portava occhialini tondi che gli donavano un'aria da intellettuale e vestiva sempre in giacca, gilè, e cravatta. Anche se a prima vista dava l'impressione di essere un uomo mite, in realtà era molto risoluto e deciso, oltre che competente.

Proietti gli passò la nota informativa che aveva preparato in risposta alla delega d'indagine sui fatti denunciati da Pietro Anselmi e attese che lui la leggesse come uno studente aspetta l'esito di un esame scritto.

I rapporti tra la polizia giudiziaria e il pubblico ministero sono caratterizzati da un delicato equilibrio che poggia sulla cor-

rettezza, sulla lealtà e sul rispetto delle reciproche attribuzioni. Su queste basi si può fondare una relazione di fiducia che agevola il lavoro di entrambi. Se il pubblico ministero, invece, si accorge che la polizia giudiziaria sta cercando di manovrarlo per influenzare le sue decisioni a proprio vantaggio, tutto salta e sono guai. L'informativa che aveva preparato l'ispettore si muoveva sulla sottile linea di confine che divide queste due diverse situazioni. Perciò, la sua apprensione era pienamente giustificata.

Boccuso concluse la lettura e appoggiò le carte sulla scrivania. Fissò Proietti negli occhi per alcuni interminabili secondi.

«Se ho capito bene, avete scoperto che le telefonate di minaccia e le richieste estorsive a Pietro Anselmi partirono da un'utenza mobile, con intestazione fittizia, che agganciava celle situate nel Mugello. Che proprio in quella zona si trova una villa che è stata nella disponibilità di un noto camorrista all'epoca latitante. E che, qualche mese dopo, Pietro Anselmi cedette i suoi alberghi a una società che aveva sede a Praga, lo stesso luogo di una società facente capo alla cognata di quel camorrista. Giusto?»

«Proprio così, dottore.»

«Questo vi porta a ritenere che sia stato proprio tale soggetto a minacciare Anselmi, nell'intento di convincerlo a cedere la sua azienda.»

«Lo riteniamo verosimile.»

«E quindi, chiedete di poter perquisire la villa allo scopo di ritrovare il cellulare da cui partirono le telefonate e altra documentazione utile per le indagini?»

Proietti, sforzandosi di essere più naturale possibile, confermò.

«Bene. Il ragionamento ha una sua logica. L'unico problema è che questo camorrista, Ciro Auriemma, è già indagato dalla Direzione Distrettuale Antimafia di Firenze, tra le altre cose, per

riciclaggio e tale accusa si fonda proprio sulla tentata acquisizione degli alberghi di Anselmi.»

«Certo. Ma non per le minacce e la tentata estorsione, che sono precedenti» precisò l'ispettore, con lo stesso tono di voce di chi rilancia a una mano di poker avendo una coppia di sette in mano.

«Ha ragione. La perquisizione potrebbe essere utile per la prosecuzione delle indagini, ma lei sa bene che poi dovrei trasmettere tutto a Firenze per competenza in materia di criminalità organizzata.»

Proietti non disse nulla. Boccuso, per riempire quel silenzio che sapeva di resa, cambiò improvvisamente argomento.

«Ho seguito la vicenda che ha coinvolto il dottor Casabona. Ne sono rimasto molto colpito. È una persona che stimo molto.»

Non disse altro sul punto. L'ispettore, però, colse il dettaglio che nell'attestazione di stima aveva usato il verbo al presente e non al passato. Non era una cosa di poco conto. Un magistrato, nel tempo, si abitua a essere molto attento e misurato nell'uso delle parole. Il suo pensiero va colto nelle sfumature quando non può essere dichiarato apertamente.

Dopo questa divagazione non casuale, il pubblico ministero comunicò la sua decisione.

«Va bene. Passate tra mezz'ora dalla mia assistente. Troverete il decreto di perquisizione e un'ulteriore delega per approfondire gli accertamenti sulla villa. Tenetemi informato su ogni novità e fate molta attenzione.»

Proietti si alzò e, dopo aver salutato il magistrato, si avviò verso la porta.

«Ispettore, dimenticavo. È arrivato un esposto anonimo che

segnala strani movimenti nei pressi di una stazione abbandonata della ferrovia Porrettana. Vi farò una delega per fare degli accertamenti. Non è urgente. Quando avrete tempo, ovviamente.»

«Certo dottore, quando avremo tempo faremo anche questo.»

33

All'imbrunire arrivarono Proietti e Sarripoli in preda all'agitazione.

«Prendi le tue cose, Tommaso. Devi andare via di qua» disse Proietti, mentre Emilio Sarripoli rimetteva in ordine le carte ammassate sul tavolo per portarle via.

«Che succede?» domandai, sorpreso da quel comportamento.

«Qualcuno si è accorto della nostra presenza e ha fatto un esposto anonimo. Non sei più al sicuro in questo posto» rispose Fabio.

«Ma chi te l'ha detto?»

«Boccuso.»

«Boccuso?»

«Sì, me lo ha detto Boccuso quando sono andato a depositare l'informativa sulla delega Anselmi con la richiesta di perquisizione di Villa Beatrice.»

«Perché te l'ha detto? Sa che ci sono io? Come ha fatto a saperlo?»

Fabio Proietti si spazientì.

«Madonna, Tommaso. E come e perché? Ma che ne so io. L'esposto anonimo è arrivato a lui. Ci ha fatto una delega anche per questo, ma ha detto che non c'è fretta. Che possiamo evaderla con calma.»

Ero seduto sul letto e stavo legando i lacci delle scarpe che mi ero tolto per essere più comodo.

«Va bene, Fabio. Ma stai calmo. Ora si va via. Non serve agitarsi tanto.»

«Hai ragione. Scusami, ma sono molto preoccupato per te. Se ti prendono adesso non riusciremo a portare a termine la nostra indagine e quegli stronzi della Criminalpol vincono la partita. Comunque, se vuoi sapere il mio parere, anche se non lo ha detto esplicitamente, Boccuso lo sa che sei nascosto qui. Prima di anticiparmi la delega sull'esposto anonimo, mi ha detto di aver saputo ciò che ti è successo e che ti stima molto. Capisci? Ha detto che ti "stima" molto, non che ti "stimava" molto.»

Allora non c'erano dubbi: anche Boccuso era dalla mia parte. Gli schieramenti erano al completo. Mi sembrava di sentire la telecronaca dell'incontro fatta dal compianto Nando Martellini: da un lato del campo la criminalpol di Firenze in maglia viola, capitanata da Crisanti e allenata da Pietro Di Felice, dall'altra la squadra mobile di Valdenza in maglia arancione, capitanata da Casabona e allenata da Giuseppe Boccuso.

«Okay, questo mi fa molto piacere. Ma il decreto di perquisizione te lo ha dato?» chiesi, per restare sul concreto.

«Certo che me lo ha dato. Mi ha fatto capire che non potrà reggere a lungo il gioco. Abbiamo poco tempo, a breve sarà costretto a trasmettere tutto alla Direzione Distrettuale Antimafia di Firenze.»

«Ce lo faremo bastare» commentò Sarripoli.

Sistemai in una borsa da palestra quelle poche cose che avevo portato con me. Mentre lo facevo continuavo ad aggiornarmi sulla situazione.

«Bellini ha finito le sue ricerche?»

«Sì, ha finito. Romoli era stato in albergo con altre due donne. Una è un'infermiera dell'ospedale di Valdenza. Sposata. Il marito, anche lui infermiere proprio nel reparto dove lavorava Romoli, la sera dell'omicidio era di turno. L'altra è una manager di un importante gruppo tessile fiorentino. Nubile, donna in carriera. La pista gelosia finisce qui.»

«Dai tabulati telefononici della camera è venuto fuori nulla?»

«Non l'ha mai usato. Però, a pensarci bene, una cosa strana l'abbiamo trovata. Bellini ci ha lavorato giorno e notte per due giorni. Ha cercato informazioni nei nostri archivi su tutte le persone che hanno dormito lì negli ultimi sei mesi. Delinquenti di alto livello quanti ne vuoi, a dimostrazione che a certa gente i soldi non mancano, ma niente che possa essere messo in relazione con Marco Romoli e nemmeno con il contesto criminale di Ciro Auriemma.»

«Quindi?» chiesi, ansioso di sapere quale fosse questa cosa strana.

«Bellini, non contento, ha fatto una verifica anche sui documenti presentati all'atto della registrazione alla reception. Uno di questi è risultato essere falso. Fa parte di uno stock di carte di identità rubate all'Ufficio Anagrafe del comune di Nola.»

«Il documento falso che fu trovato a Ciro Auriemma dalla volante che lo fermò?»

«No, non è quello. Anche perché Ciro Auriemma ha quarant'anni, il documento di cui parliamo è stato usato da una persona molto più anziana. I dati riportati sulla carta d'identità sono di uno sconosciuto, tale Antonio Corcione, nato ad Afragola settant'anni fa. Ovviamente sono generalità false.»

«Era un frequentatore abituale dell'hotel?»

«No. C'è stato solo una volta. E, guarda caso, proprio il giorno dell'omicidio di Marco Romoli.»

«Abbiamo la fotocopia del documento? Probabilmente la foto era vera.» Lo incalzai.

«Purtroppo, abbiamo solo il tabulato delle presenze con dati anagrafici ed estremi del documento. Non so se alla reception usano anche fotocopiare i documenti. In ogni caso, a noi non li hanno dati.»

«E ti pareva?» commentai, sconsolato. «È tutto?»

«In realtà ci sarebbe un altro elemento interessante...»

A quel punto fui io a sbottare.

«E che cazzo. Se hai delle cose da dire, dille tutte. Non è che te le devo tirare fuori una alla volta.»

Proietti si risentì per il tono. Mi resi conto di aver esagerato e cercai di porre immediatamente rimedio.

«Scusami Fabio, è che dobbiamo fare in fretta perché è pericoloso stare qui. Lo hai detto tu stesso. Se le cose le tiri fuori a spizzichi e bocconi ci passiamo la nottata. Dài, non te la prendere. Qual è quest'altro elemento interessante?»

«Bellini ha fatto un controllo anche sugli estremi del documento falso che usava Ciro Auriemma. Li ha ottenuti dai colleghi delle volanti di Firenze.»

Si fermò di nuovo. Aspettai facendo finta di nulla per non urtare la sua suscettibilità.

«Una settimana prima di essere arrestato, il nostro amico ha fatto una capatina a Barcellona. Era nella lista d'imbarco del volo che parte dall'aeroporto Galileo Galilei di Pisa. Andata e ritorno in due giorni.»

«Ma tu guarda che combinazione. Scommetto che il viaggio

è avvenuto proprio nei giorni dell'attentato alla nave proveniente dal Venezuela con il carico di cocaina» commentai.

«Esatto.»

Mi alzai dal letto. Indossai il giaccone e appoggiai la borsa da palestra sul tavolo, rimanendo assorto e in silenzio per un po'.

«A cosa stai pensando?» mi chiese Sarripoli.

«Finalmente, lo scenario comincia a schiarirsi, Emilio. Se le cose sono andate come penso, posso anche definirmi vittima innocente di un regolamento di conti. Un danno collaterale in una guerra di camorra.»

«Spiegati meglio» disse Proietti.

«Semplice, mettiamo insieme gli elementi che abbiamo acquisito finora. Stando alle informazioni fornite dai colleghi di Napoli, Ciro Auriemma, per quanto abbia cercato di negarlo, è uno degli esponenti più importanti del clan dei Settimio, che da anni è il gruppo dominante a Napoli. Il boss al comando del clan, Gaetano Surace detto *capa e' fierr*, attualmente latitante, viene a sapere che i clan perdenti dei Quartieri Spagnoli e della Sanità si stanno riorganizzando. Scopre anche che hanno trattato un importante carico di cocaina in proprio, per fare i soldi necessari per acquistare armi e arruolare nuove persone. Allora fa una cosa che qualsiasi generale in guerra avrebbe fatto: interrompere i rifornimenti dalle retrovie per isolare le truppe in prima linea. Così incarica il suo uomo migliore di organizzare una vera e propria operazione di sabotaggio per bloccare nel porto di Barcellona la nave che arriva dal Venezuela. L'attentato riesce. Il carico riparte per Livorno ma non è rintracciabile. Almeno non facilmente. Poi accade l'imprevisto: un po' per caso e un po' per l'intuito e le capacità di uno sconosciuto equipaggio di volante, viene arrestato Ciro Auriemma. Ma lui è un bravo soldato, anzi il migliore, quindi riesce a servire la causa, propria e del clan di appartenenza, anche in quella situazione: fa arrestare Bruno Lampis, l'unica persona che avrebbe potuto rintracciare il container prima che finisse in mano a qualche ignara ditta che avrebbe avvisato le forze dell'ordine. Per farlo racconta di quando il Lampis, che gestisce gli arrivi di droga nel porto per tutti, ha fatto da referente per altri carichi indirizzati al suo gruppo. Inoltre, per rendere più credibile la propria collaborazione e poterne trarre qualche beneficio per uscire dal carcere, butta nel mucchio il commercialista Antonio Pagano, che non è stato capace di portare a termine l'operazione di acquisizione degli alberghi di Pietro Anselmi, due scartine che non gli servivano più a nulla come il titolare del night Simone Bongi e il suo guardaspalle Hoti Xaier. Farcisce la torta con la chiamata in correità di un paio di suoi ex compagni che non hanno nulla da perdere perché già condannati per altri omicidi e sopra ci mette la ciliegina che ingolosisce un magistrato in cerca di notorietà come Pietro Di Felice, cioè il commissario di polizia infedele.»

«Ma come faceva a sapere che tu avevi buoni motivi per volere morto Marco Romoli?»

«Glielo avrà detto lui stesso che una delle donne che frequentava era la mia ex moglie, visto che uscivano insieme la sera.»

Proietti e Sarripoli ci pensarono su qualche istante. Poi, il primo commentò: «Non fa una piega».

Sarripoli, che era sempre molto concreto, riportò il ragionamento al nocciolo della questione.

«Sì. Ma in tutto questo, Marco Romoli chi l'ha ucciso e perché?»

Risposi di getto: «Lo hanno ucciso loro, Emilio. Dopo l'arresto di Ciro Auriemma. Probabilmente, perché temevano che frequentando Van Gogh potesse aver saputo o visto cose compromettenti».

«Per esempio, chi vive a Villa Beatrice. Che deve essere qualcuno di molto importante, visto che, da un certo punto in poi, Ciro Auriemma, pur avendo la disponibilità di una bella casa come quella, portava Irina in uno squallido motel» commentò Proietti con molta sagacia.

«Siamo sicuri che ci abiti qualcuno?» domandai, per sgombrare il campo da false congetture.

«Bini e Giordano hanno fatto una verifica sulle utenze. Lì dentro qualcuno c'è, a giudicare dai consumi di acqua, corrente elettrica e gas» rispose Proietti.

«Chi può essere secondo te?» mi chiese Sarripoli.

«Io un'idea ce l'ho ma, per scaramanzia, non lo voglio nemmeno nominare.»

Lasciato l'alloggio di fortuna nella stazione abbandonata della Porrettana, ci spostammo in una piccola casa di campagna dove Fabio Proietti andava a riposarsi nei rari periodi di vacanza.

Ci raggiunsero anche Bini e *Ciondolo* con le foto che avevano scattato a Villa Beatrice, le mappe della zona e un paio di bottiglie di vino rosso di Bolgheri, perfette per accompagnare le salsicce di cinghiale e il pecorino di Pienza che il padrone di casa tirò fuori dalla dispensa.

Ci confrontammo sulla perquisizione che ci era stata delegata da Boccuso e fummo tutti d'accordo sul fatto che non si potesse fare irruzione nella casa senza prima aver capito chi ci vivesse. Passammo la serata a studiare come scoprirlo senza che nessuno si accorgesse della nostra presenza.

Ci rendemmo subito conto che non sarebbe stata una cosa facile. La villa si trovava in una zona collinare con poche altre abitazioni nei dintorni. Vi si accedeva attraverso una viabilità secondaria poco trafficata, utilizzata quasi esclusivamente dagli abitanti della zona. La recinzione era alta e affiancata da una fitta siepe. Dalla strada si vedeva poco o nulla.

Bisognava individuare un punto di osservazione sopraelevato dove piazzare una telecamera ad alta definizione. Questo comportava anche la necessità di trovare un luogo dove installare il ricevitore del segnale video, i monitor e la postazione operativa. Ma la prima cosa da fare, in assoluto, era studiare dei ruoli di copertura che ci consentissero di muoverci nello scenario in modo armonico per essere notati il meno possibile. Fu per questo motivo che decidemmo di coinvolgere anche la sovrintendente Michela Paolozzi. Poteva esserci molto utile nei servizi di osservazione. Una donna dà sempre meno nell'occhio rispetto a un uomo e allarma di meno. Le parti che può interpretare sono sempre rassicuranti. Che sia una moglie, una fidanzata, una mamma, una casalinga, una colf o una badante.

LA CATTURA

34

Per prima cosa ci procurammo un piccolo camion per la raccolta dei rifiuti. Ce lo facemmo prestare dalla ditta che svuotava i contenitori porta a porta nella zona dove si trovava Villa Beatrice. Gli dicemmo anche che, per qualche giorno, ci saremmo occupati noi di quella strada. Il sistema di gestione porta a porta era ottimale per le nostre esigenze poiché ci consentiva di esaminare i rifiuti prodotti da chi viveva nella casa, senza doverli prima individuare tra altri, come quando vengono versati in cassonetti comuni.

I rifiuti dicono tante cose, sono una fonte inesauribile di informazioni, però sono maleodoranti. Per questo motivo Sarripoli provò a opporsi in tutti i modi quando capì che gli sarebbe toccato il ruolo di operatore ecologico.

Alla fine si convinse, vuoi perché era l'unico ad avere l'abilitazione per la guida di quel tipo di mezzo, vuoi perché l'alternativa era fare il tecnico della compagnia che gestiva l'energia elettrica, con tutte le incombenze che ne derivavano. Compresa quella di salire su un palo all'altezza di sei metri per posizionare la scatola contenente la videocamera ad alta definizione puntata sull'abitazione. Furono Bini e *Ciondolo* a farsi carico di questo compito.

La sovrintendente Michela Paolozzi, dopo un iniziale momento di smarrimento, fu ben felice di entrare a far parte della compagnia per aiutarmi. Si propose per il ruolo di mamma e lo fece anche con molta convinzione. Disse che avrebbe portato un passeggino, installato un seggiolino per bambini in macchina e usato un vecchio bambolotto appartenuto alla figlia.

Ciondolo, con la delicatezza che lo contraddistingueva, le ricordò che aveva superato già da un po' i quarant'anni e quindi avrebbe anche potuto portare tutto quel materiale ma per interpretare il ruolo della nonna, caso mai.

Paolozzi lo mandò a quel paese a suo modo: «Giordano, vai a cagare». Poi aggiunse, rivolgendosi a me: «Dottore, mi dispiace, ma se c'è lui io non partecipo. Mantengo il segreto, ma non me la sento di lavorare insieme a questo demente».

Niente di nuovo.

Le dissi che non se ne parlava nemmeno. Che avevo bisogno di lei e che l'idea della copertura "donna con un bambino", mamma o nonna non importava, era ottima. Avevamo trovato anche un piccolo appartamento sfitto, poco distante dalla casa. Avremmo installato lì la base operativa e tutto ciò che serviva per monitorare la villa attraverso la telecamera piazzata sul palo. L'unica abitante della casa che poteva farsi vedere all'esterno sarebbe stata lei, con il suo bambolotto e il suo passeggino.

Sistemata la videocamera iniziammo l'operazione.

La prima cosa che rilevammo fu la presenza di una donna che ogni tanto usciva in giardino. Ci mettemmo poco a identificarla: si trattava della moglie di Ciro Auriemma.

Questa scoperta ci provocò un senso di sconforto. Eravamo tutti consapevoli che si trattasse della cosa più ovvia. Sapevamo che Van Gogh era sposato ed era logico pensare che il motivo più plausibile per cui non aveva più portato Irina alla villa fosse l'arrivo a Firenze della moglie. In cuor nostro, però, speravamo di sbagliarci, perciò ci rimanemmo male lo stesso.

La successiva delusione ce la provocò la scarsa abitudine della donna alla raccolta differenziata porta a porta. Il povero Sarripoli, travestito da perfetto operatore ecologico, passava la mattina a fare il giro dei bidoni situati davanti alla villa, ma li trovava vuoti. Evidentemente, la signora Auriemma preferiva raccoglierli in un sacco per portarli via in macchina e lasciarli nel primo cassonetto che trovava.

La casa dove avevamo istallato la nostra base si trovava più a valle rispetto a Villa Beatrice. Quindi, se un giorno la signora avesse deciso di uscire, sarebbe dovuta passare davanti a noi. Per questa eventualità, la sovrintendente Paolozzi trascorse due giorni seduta in macchina, insieme al suo bambolotto, pronta a uscire dal cancello e a seguire la donna.

In pratica, le prime quarantott'ore di appostamento furono un disastro su tutti i fronti.

La situazione si sbloccò il terzo giorno. La mattina, intorno alle undici, la signora Auriemma finalmente uscì. Paolozzi le andò dietro. La donna guidò fino al paese di Barberino, parcheggiò l'auto nei pressi del centro storico e si avviò a piedi nella zona a traffico limitato. Bini e *Ciondolo*, che avevano seguito i movimenti a distanza, ne approfittarono per piazzare al volo un segnalatore GPS magnetico sotto l'autovettura. Paolozzi, invece, la seguì, spingendo il passeggino che aveva tirato fuori dal baule della sua auto, con dentro il bambolotto della figlia.

La donna entrò in una farmacia e ci rimase circa dieci minuti. Poi si fermò a comprare del pane, della frutta e andò a riprendere la propria auto per fare ritorno a casa.

Bini e *Ciondolo*, su indicazione di Michela Paolozzi, andarono in farmacia e si fecero dare l'elenco dei farmaci acquistati dalla signora Auriemma.

Da lì venne fuori la prima sorpresa. Si trattava di farmaci antitumorali da abbinare in un ciclo di chemioterapia. Erano stati prescritti con una ricetta dell'oncologo Marco Romoli intestata a tale Luigi Soriano, di anni sessantasette, residente a Valdenza. La verifica che Proietti fece fare da Bellini, Marinelli e Guerra consentì di accertare che Luigi Soriano esisteva ed era veramente un paziente di Marco Romoli, malato di tumore, ma si trovava ricoverato, da un paio di mesi, in ospedale a Valdenza in fase terminale.

Quindi aveva avuto ragione Sarripoli a sostenere che Ciro Auriemma frequentasse Marco Romoli per via della sua professione di oncologo. Ma non ne aveva bisogno per se stesso, visto che godeva di ottima salute. E nemmeno per la moglie, che sembrava stare altrettanto bene. In quella casa ci doveva essere qualcun altro per forza. Il vero destinatario di quei farmaci. Il paziente che veniva assistito da Marco Romoli, quando Van Gogh lo portava alla villa dopo averlo prelevato in albergo la sera.

In realtà, lo sapevamo tutti chi c'era là dentro, anche se avevamo paura di confessarlo. Quel giorno, però, quando ci ritrovammo nella casa dove facevamo base, ci liberammo del peso. Quella persona non poteva essere che Gaetano Surace, il boss indiscusso del clan Settimio, latitante da più di venti anni. Solo chi è costretto a nascondersi può aver bisogno di tutti quei sotterfugi per curarsi, e solo per Gaetano *capa e' fierr*, Ciro Auriemma avrebbe accettato di esporsi in quel modo. Non c'erano altre spiegazioni plausibili.

Questa consapevolezza ci riversò addosso tutto il peso di un'operazione così delicata. Se avessimo fallito avremmo avuto tutti contro: i magistrati, i vertici romani, la stampa, la politica. Non osavo nemmeno immaginare in quale tritacarne saremmo finiti. E io già non ero messo proprio bene.

«Dobbiamo evitare passi falsi. Un errore da parte nostra può far saltare tutto. Da questo momento vi chiedo la massima concentrazione» raccomandai agli altri.

Proietti, che ci aveva messo la faccia, si ricordò del pubblico ministero che ci aveva autorizzato a perquisire la villa dopo aver scoperto chi ci vivesse e della frase "mi raccomando, tenetemi informato di ogni novità". Perciò, mi chiese: «Che si fa con Boccuso?».

«Chiamalo e aggiornalo su quello che abbiamo fatto finora. Digli anche che sospettiamo la presenza di un personaggio importante all'interno della casa, ma non fargli il nome di Surace. Non scarichiamo su di lui questa responsabilità. Al momento non ce n'è bisogno.»

L'ispettore gli telefonò in nostra presenza, raccontandogli le cose che gli avevo suggerito. La conversazione fu serena e cordiale. Questo significava che era ancora dalla nostra parte. Non aveva cambiato idea. Sul finale della chiamata Proietti iniziò a guardarmi, come se stessero parlando di me.

Quando chiuse la telefonata gliene chiesi conto.

«Che dice Boccuso? Ha chiesto di me?»

«Mi ha raccomandato di dirti, se ne avessi avuto il modo, che il tribunale del riesame si è riunito e si è espresso sulla misura cautelare a tuo carico. Glielo ha riferito, informalmente, un suo collega di Firenze.»

Avrei voluto dirgli di fermarsi, che non lo volevo sapere.

Temevo una brutta notizia, come mi capitava di solito per via del mio pessimismo congenito. Per fortuna Proietti non me ne diede il tempo. «È stata annullata, bentornato tra noi» annunciò con il volto radioso.

«Olé» esclamò Bini

«Vaffanculo alle merde della Criminalpol» commentò *Ciondolo*.

La Paolozzi non si lasciò sfuggire l'occasione per abbracciarmi. Dalla foga dedussi che era da molto tempo che stava aspettando l'occasione giusta per farlo.

Mi girai verso Sarripoli.

«Tu non dici nulla, Emilio?» gli chiesi.

«E che ti devo dire? Si sapeva che sarebbe finita così. Era scontato, altrimenti oggi mica stavamo qui a rischiare il culo con te.»

Non faceva una piega. Evviva la sincerità.

Proietti cercò subito di sistemare le cose in merito alla responsabilità dell'operazione.

«Quindi, da questo momento, riprendi ufficialmente il tuo posto. Tanto non ti possono nemmeno imputare l'evasione, visto che il provvedimento restrittivo non ti è stato mai notificato.»

Fui costretto a deluderlo.

«Hai ragione, Fabio, non dovrò rispondere di evasione, ma resto comunque indagato per i reati che mi sono stati contestati, anche se la misura cautelare è stata annullata. Se dovessi rientrare, sarei subito sospeso dal servizio. Quindi, mi conviene restarmene in ferie, almeno fino alla scadenza del periodo che mi è stato concesso dal vecchio questore, prima che iniziasse tutto questo casino»

«Dunque, alla fine che cambia?» chiese Bini.

«Per l'operazione in corso non cambia nulla. Continuiamo così e restiamo concentrati sull'obbiettivo» tagliai corto.

35

Tutti gli indizi raccolti fino a quel momento ci dicevano che il boss Gaetano Surace era l'uomo che aveva beneficiato delle cure di Marco Romoli, ma questo non significava che si trovasse ancora lì. Soprattutto dopo l'arresto di Ciro Auriemma e l'uccisione del medico. Farsi prendere dalla foga ed entrare nella villa, senza avere avuto prima una conferma della sua presenza all'interno, significava correre il rischio di sprecare un'occasione unica e irripetibile. Così facemmo ciò che un buon investigatore fa per la gran parte del tempo che dedica al proprio lavoro: aspettammo.

Mentre aspettavamo: mangiammo panini, bevemmo caffè, fumammo sigari e sigarette, ci raccontammo le cose buffe capitate negli anni precedenti, ridemmo e continuammo a guardare i monitor dove arrivavano le immagini della villa vista dall'alto. Approfittammo di quel tempo anche per preparare un piano di irruzione nella casa, della quale avevamo una planimetria gentilmente fornita dall'agenzia del territorio.

La villa si alzava per due piani sul terreno e stava al centro di un giardino con una piccola piscina. La recinzione non era difficile da scavalcare e non c'erano cani. Il problema era che la casa aveva varie finestre e balconi, quindi doveva essere necessariamente circondata sui quattro lati. In sei non ce la potevamo fare. Decidemmo di chiamare anche gli assistenti Marinelli e Guerra. In tal modo, quattro sarebbero rimasti in giardino a sorvegliare le uscite e quattro avrebbero fatto irruzione all'interno.

Marinelli e Guerra erano due tipi svegli, particolarmente portati per l'azione. Il primo era stato lagunare e aveva frequentato tutti i corsi di qualificazione professionale esistenti: dal corso scorte al manovratore di corde, dalle tecniche operative al tiro. Ogni volta che ne inauguravano uno, lui si proponeva. Non ero mai riuscito a capire se lo facesse per il solo desiderio di migliorarsi professionalmente o anche per l'esigenza di concedersi qualche giorno di libertà, lontano dalle responsabilità familiari. A prescindere da ciò, visto che ormai era con noi, tanto valeva avvalersi delle sue competenze quando ce n'era bisogno. Guerra era fisicamente attrezzato come un giocatore di rugby. Alto, robusto e dalla presa decisa. Anche lui rappresentava una garanzia dal punto di vista operativo.

Decisi anche che sarei stato io il primo a entrare, seguito da Marinelli, Bini e Giordano. Proietti, Sarripoli, Paolozzi e Guerra sarebbero rimasti all'esterno.

Aspettammo altri due giorni prima di dare il via all'irruzione.

La signora uscì altre due volte, sempre per fare commissioni. La prima volta, nella tarda mattinata, andò a fare la spesa in un supermercato e poi si fermò in una profumeria. Il mattino dopo andò a Firenze ed entrò in una pescheria. Non comprò nulla. Ordinò solo il pesce per la viglia di Natale che era alle porte. Aragoste, frutti di mare, baccalà, orate e spigole per almeno quattro persone. Questa informazione la considerammo molto importante. Stavano organizzando il classico cenone che fanno i napoletani alla vigilia di Natale ed era prevista la presenza di altri commensali che avevano le stesse tradizioni. Restava l'incognita: erano già lì o dovevano ancora arrivare?

Per fortuna la situazione si sbloccò la mattina del quinto giorno di appostamento, quando la moglie di Ciro Auriemma uscì per recarsi alla clinica privata Villa Glori. La seguirono l'ispettore Sarripoli, la sovrintendente Paolozzi e il bambolotto della figlia, sdraiato nel seggiolino per bambini agganciato al sedile posteriore dell'auto.

La donna attese nel parcheggio, finché non uscì un uomo con i capelli brizzolati, vestito con giacca e cravatta, che portava la classica borsa da medico in mano. Lo fece salire in macchina e lo accompagnò a Villa Beatrice.

Era la prova che il malato era lì. Era giunto il momento di agire.

Ci preparammo. Giubbotto antiproiettile per tutti. Mitraglietta M12 per due di quelli che sarebbero rimasti all'esterno. Martello da demolizione per Bini, nel caso fosse stato necessario sfondare la porta.

Decisi che saremmo entrati con la macchina della signora Auriemma, così avremmo potuto utilizzare il telecomando per aprire il cancello e arrivare direttamente sotto casa senza creare allarme.

Aspettammo che la donna e il medico uscissero. Li fermammo al primo incrocio. Togliemmo loro i cellulari, li ammanettammo e li trasferimmo su una delle nostre auto, lasciandoli in consegna a Paolozzi e Sarripoli. Per questo motivo fui costretto a rivedere il dispositivo: saremmo entrati solo io, Marinelli e Bini. *Ciondolo* sarebbe rimasto fuori a circondare la casa, insieme a Proietti e Guerra. Dal punto di vista operativo era un azzardo, ma non avevamo scelta.

Facemmo ingresso nel giardino dopo aver aperto il cancello con il telecomando. Noi tre davanti, con la Renault Megane della signora, e dopo qualche secondo, per dare a noi il tempo di scendere e arrivare alla porta dell'abitazione, gli altri con la nostra Alfa 156 nera.

Con una martellata ben assestata Bini fece saltare la serratura del portoncino che si aprì. Me lo ritrovai subito davanti, a pochi metri.

Gaetano Surace, detto Gaetano *capa e' fierr*, capo del clan Settimio di Pianura, latitante da più di vent'anni, era seduto sul divano della sala d'ingresso della villa. Vestiva con una tuta da ginnastica, portava delle ciabatte da piscina con calzettoni bianchi e aveva una flebo attaccata al braccio. Davanti a lui una TV da settanta pollici accesa. A vederlo così, con i capelli bianchi e la pancetta, sembrava il classico pensionato rientrato a casa dopo la visita ai cantieri.

Si girò verso di me con uno sguardo smarrito. Mi qualificai mostrando il tesserino e mi avvicinai a lui. Rimase seduto. Sembrava più sereno dopo aver capito che eravamo poliziotti.

Solo in quel momento mi accorsi che, nella cucina in fondo alla sala, c'era una giovane donna che era rimasta impietrita. Stava cucinando qualcosa con la cipolla, a giudicare dall'odore. Forse soffriggeva la base per un ragù. Le si avvicinò Marinelli che le suggerì di spegnere il gas e stare tranquilla.

Dalle scale si affacciò un giovane con i capelli rasati. Indossava jeans, scarpe da ginnastica e un maglioncino nero. Aveva una pistola semiautomatica in mano. Bini, che aveva abbandonato il martello a terra ed era entrato dopo di me, si piazzò in posizione di tiro e gli intimò di lasciare l'arma e alzare le mani. Il boss gli fece un cenno e lui eseguì. Appoggiò la pistola su uno degli scalini e scese nella sala con le mani alzate. Bini lo ammanettò.

«C'è qualcun altro in casa?» chiesi a Gaetano Surace.

«Non c'è più nessuno. Tra poco torna la padrona di casa.»

«La signora Auriemma è già sotto la nostra custodia» lo rassicurai.

Il boss ne approfittò per dirmi la classica frase che gli uomini come lui pronunciano quando vengono catturati.

«Avete fatto le cose per bene, commissario. Vi faccio i miei complimenti.»

A guardarlo non mi sembrava debilitato. Infatti, scoprimmo che si stava curando per un tumore alla prostata diagnosticato in uno stadio iniziale. Faceva dei cicli di chemioterapia che aveva cominciato con Marco Romoli e che stava portando avanti con un collega che lavorava alla stessa clinica: il dottor Manzo.

Entrarono anche gli altri per dare una mano a perquisire la villa.

Surace se ne restò in silenzio. Continuava a guardare la televisione per ostentare distacco.

Provai a instaurare un dialogo.

«Perché lo avete ammazzato? Era il vostro medico, vi stava curando» gli chiesi.

Lui mi rispose senza nemmeno distogliere lo sguardo dallo schermo.

«Commissario, con tutto il rispetto, se Gaetano Surace vuole dire qualcosa a qualcuno se lo manda a chiamare. Voi qui ci siete venuto da solo. O no? Mica vi ho chiamato io? Questo vuol dire che non ho niente da dirvi. Fate pure il lavoro vostro ma non mi chiedete niente.»

Capii che da quel momento non avrebbe più parlato.

Dopo una mezz'oretta, Proietti venne a comunicarmi che la perquisizione era finita. Avevano trovato una cinquantina di grammi di cocaina, centomila euro in contanti, cellulari, tablet, schede telefoniche, due pistole, munizioni e documenti interessanti.

«Che si fa ora? Dove li portiamo?» mi chiese.

«A Valdenza, ovviamente.»

«E tu che fai?»

«Vengo con voi. Ora sento il questore e vediamo cosa mi dice.»

Chiamai il centralino della questura e me lo feci passare.

«Buongiorno signor questore, noi non ci conosciamo ancora, sono il commissario Casabona, il capo della Mobile.»

Rimase qualche istante a riflettere su come reagire.

«Questa telefonata è molto imbarazzante, forse è il caso di chiuderla qui» mi disse.

«Il tribunale del riesame ha annullato la misura cautelare a mio carico.»

«L'ho saputo. Ma lei resta indagato per una serie di gravi reati. A proposito di questo, io avrei da notificarle la sospensione dal servizio. Quando avrà la bontà di farsi rivedere in questura.»

«Come sa, io tecnicamente sono in ferie. Per questo non sono ancora passato. Ma rientrerei oggi, se lei non ha nulla in contrario. A una condizione, però.»

«Che condizione?» rispose spazientito.

«Abbiamo arrestato alcune persone nel Mugello, durante una perquisizione domiciliare delegata dal sostituto procuratore Boccuso di Valdenza. Prima della notifica della sospensione vorrei concludere gli atti e portare gli arrestati in carcere.»

«Non mi piacciono questi ricattucci, dottor Casabona. Se li può tenere i sui arrestati, anche perché lei non ci sarebbe dovuto essere lì. Poi farò i conti con il personale che le ha consentito di partecipare all'operazione senza dirmi nulla.»

«Va bene, signor questore. Come preferisce. Vuol dire che ci appoggeremo a Firenze, che è anche più vicina.»

«Faccia come le pare.»

Stava per chiudere la conversazione.

«Non vuole nemmeno sapere chi abbiamo arrestato?»

Era sempre più irritato.

«Chi avete arrestato, Matteo Messina Denaro? Sentiamo.»

«Ci è andato vicino, signor questore. Si chiama Gaetano Surace. È solo due posizioni sotto.»

Si prese ancora qualche secondo per pensare, dopodiché il tenore della conversazione divenne decisamente più cordiale. Giusto il tempo per realizzare che l'arresto di un superlatitante del calibro di Surace, per un questore di prima nomina, era un dono del Signore che non si poteva rifiutare. Perciò, cambiò registro e atteggiamento.

«Questa è una bellissima notizia. Poteva dirmelo prima che avete chiuso un'operazione di portata nazionale. Sono orgoglioso di voi. Vi aspetto in questura. Faccia i complimenti ai suoi uomini da parte mia.»

Proietti aveva assistito alla conversazione. Non ci fu bisogno di dirgli altro.

Feci uscire prima Marinelli e Guerra che si piazzarono in

copertura con le mitragliette M12 ai lati della 156 nera dove sarebbe salito Gaetano Surace. Non potevamo essere sicuri che ci avesse detto la verità sul fatto che non c'erano altre persone a fargli da scorta. Bisognava essere prudenti e prendere in considerazione ogni potenziale pericolo.

Quando ci diedero il via libera, uscimmo dall'abitazione ed entrammo rapidamente in macchina partendo a tutta velocità e a sirene spiegate in direzione Valdenza.

36

Gli arrivi a sirene spiegate e le manifestazioni di giubilo dopo la cattura di un ricercato li comprendo ma non fanno per me. Certo, capisco che rappresentano lo sfogo di una tensione accumulata per mesi, a volte per anni, l'esternazione di un sentimento di rivincita dopo sconfitte e fallimenti, ma per indole non avrei mai pensato di esserne capace. Invece, quel giorno lo feci, ma fu una scelta ragionata piuttosto che una reazione istintiva. L'arresto di Gaetano Surace doveva far rumore. La sua rappresentazione mediatica doveva avere sullo sfondo la questura di Valdenza e due protagonisti: il sanguinario boss Gaetano *capa e' fierr*, nel ruolo del cattivo, e il commissario Tommaso Casabona, nella parte del buono. Quella sceneggiata avrebbe ripulito la mia immagine da tutto il fango che mi era stato riversato addosso con l'Operazione Argine. In ogni foto e ripresa, al fianco del boss, ci dovevo essere io. In tal modo, come avrebbero fatto a sospendermi dal servizio e continuare le indagini su di me senza fare le giuste verifiche sul mio alibi e gli altri riscontri che avevano omesso?

Feci salire Surace nella mia auto. Come avevo previsto, al nostro arrivo in questura trovammo uno stuolo di giornalisti ad attenderci, armati di macchine fotografiche e videocamere. Il questore aveva diffuso la voce tramite il capo di gabinetto.

Fermammo la 156 nera nella piazza davanti l'ingresso principale della questura. Scesi per primo, aprii lo sportello al boss ed entrai con lui tenendolo sempre a braccetto. Andò tutto come previsto.

Rientravo in quell'edificio dopo esserne uscito da ricercato un paio di settimane prima. Mi fece uno strano effetto. Per fortuna il personale mi accolse con affetto e mi ricordò che quella era anche casa mia, nonostante tutto quello che era successo.

«Sono cose che capitano. Vedrà che si sistema tutto» mi disse il nuovo questore quando mi presentai. Era la prima volta che lo vedevo. Non mi sembrò una persona cattiva. Era più giovane del precedente e mi sembrava un tipo sveglio e molto pratico. Cominciai a sperare seriamente che le cose si potessero sistemare in qualche modo.

Tornai nel mio ufficio per attendere che fossero ultimate tutte le procedure burocratiche necessarie prima di poter accompagnare Gaetano Surace in carcere. Ovviamente, lo avrei marcato stretto anche all'uscita. Fianco a fianco, come gemelli siamesi.

C'era grande soddisfazione nell'aria. Eravamo tutti sotto l'effetto di quella provvidenziale adrenalina, amplificata dal successo dell'operazione, che ci consentiva di resistere alla stanchezza e al sonno perso nelle ultime giornate.

Passata una mezz'ora circa dal nostro arrivo, vidi giungere nel corridoio degli uffici della Mobile il collega Crisanti della Criminalpol di Firenze. Apparve in abito blu ministeriale, con il suo classico aplomb da funzionario in carriera. Gli andai subito incontro sbarrandogli la strada. Dietro di me vennero Bini e *Ciondolo*.

«Che ci fai qui?» gli chiesi, con un tono che voleva subito fargli capire che non era gradito.

«La criminalità organizzata è di nostra competenza, Casabona. Te ne sei dimenticato?» rispose tenendo il punto.

«E quindi?» chiesi.

«Partecipiamo anche noi all'arresto.»

«Siete arrivati tardi. Il verbale d'arresto è già stato redatto e inviato al magistrato di turno. Abbiamo quasi finito, stiamo per portarlo in carcere.»

«Non puoi fare così. Lo sai bene.»

A quel punto persi la pazienza e la mia anima nera si impossessò della parola.

«Certo che lo posso fare. Io sono un pregiudicato, indagato per omicidio, posso fare questo e altro. Per esempio, prenderti a calci nel culo fino all'uscita se non ti togli dal cazzo.»

Il rampante collega intuì che la mia minaccia si fondava su basi molto concrete; fece una rapida valutazione e prese la saggia decisione di battere in ritirata, dopo un ultimo tentativo di facciata, tanto per renderla più onorevole. «Pensa bene a quello che fai, Casabona» affermò in modo solenne.

«Ci ho pensato, Crisanti. Ho avuto tanto tempo per pensarci. Ora, però, te ne devi andare perché abbiamo tante cose da fare.» Mi rivolsi a Bini e *Ciondolo*: «Accompagnate il dottore e non fate entrare più nessuno nei nostri uffici senza mio ordine».

I miei uomini non aspettavano altro. Crisanti lo sapeva e gli facilitò il compito avviandosi a passo svelto verso l'uscita.

Nel rientrare nel mio ufficio incrociai Proietti che aveva assistito allo scambio di battute. Prima che potesse dire qualcosa chiusi l'argomento.

«Fabio, quanno ce vo', ce vo'.»

«Concordo pienamente» disse lui.

37

Ultimata la pila di verbali, informative, note e annotazioni che seguono l'arresto, accompagnammo Gaetano Surace in carcere. Anche di questo mi occupai personalmente. Rimanemmo sempre spalla a spalla. Non lo lasciai un secondo.

Al ritorno in questura mi resi conto che tutti i giornalisti erano rimasti in piazza in attesa di una conferenza stampa che davano per scontata.

Entrai, senza rilasciare alcuna dichiarazione, e raggiunsi l'ufficio del questore. Suonai il campanello al lato della porta. Si accese la luce verde.

Era al telefono con Roma. Davanti a lui stavano seduti il procuratore di Valdenza e il sostituto procuratore Boccuso. Ci salutammo stringendoci la mano e aspettammo che il padrone di casa finisse la chiamata.

Restai in piedi. Mi bastarono pochi attimi per capire che l'argomento della conversazione telefonica ero io. Avevo creato un bel casino. Ormai la stampa aveva collegato alla mia persona l'arresto di Surace. La sospensione dal servizio, che era già pronta per essermi notificata, sarebbe stata impossibile da spiegare. Nello stesso tempo, poiché rimanevano in piedi le accuse a mio carico per l'omicidio di Marco Romoli, non potevano correre il rischio di anticipare la mia riabilitazione. Se avessero potuto farmi scomparire con una bacchetta magica lo avrebbero fatto immediatamente, ma non era possibile. Io ero lì e con la mia presenza li obbligavo a trovare una soluzione di compromesso.

Dopo un paio di minuti, il questore salutò il suo interlocutore e chiuse la chiamata. Si rivolse a me. Lo trovai molto bendisposto, nonostante tutto.

«Stiamo cercando di sistemare le cose nel migliore dei modi. Nell'interesse di tutti» mi disse per tranquillizzarmi.

Poi, continuò guardando Boccuso e il procuratore.

«Sono stato autorizzato a bloccare la notifica del provvedimento di sospensione dal servizio, vista anche l'intenzione da parte del procuratore di Firenze e vostra di fare altrettanto, in attesa delle verifiche sulle dichiarazioni del collaboratore di giustizia che accusa il dottor Casabona.»

«Bene. Mi sembra un'ottima soluzione» commentò il procuratore.

«Aggiungo che a Roma sono dell'idea che non sia opportuno che il commissario partecipi alla conferenza stampa. Anzi, che da questo momento in poi è consigliabile che si faccia vedere il meno possibile» aggiunse.

«Mi sembra ovvio. La sua presenza potrebbe provocare domande imbarazzanti alle quali non siamo ancora in grado di rispondere» concordò Boccuso.

Mi guardarono tutti aspettando che dicessi qualcosa. Mi stavano offrendo un decimo di ciò che mi spettava di diritto, facendomelo passare come un regalo. Io ero innocente, e loro lo sapevano. Ero finito all'inferno senza alcuna colpa e ne ero uscito grazie all'aiuto dei miei uomini e a una serie di coincidenze fortuite. Se Marco Romoli fosse stato ammazzato in un giorno della settimana diverso dal mercoledì, in quel momento mi sarei trovato in galera. Dentro di me, sentivo l'esigenza di avere giustizia. Mi sembrava doveroso che qualcuno pagasse per quello che mi aveva fatto. Secondo un sacrosanto principio di responsabilità che viene quasi sempre disatteso. Conoscevo bene quel mondo. Crisanti avrebbe continuato la sua brillante carriera, il sostituto procuratore Di Felice avrebbe avuto finalmente la sua procura e nessuno avrebbe pagato per il male che mi era stato fatto. Nessuno paga per la propria incapacità. Chi è baciato dalla fortuna di avere gli appoggi giusti esce indenne da tutto e prosegue per la sua strada. Ero troppo vecchio ormai per farmi illusioni. Così decisi di prendere ciò che mi veniva offerto senza fare troppo lo schizzinoso e li rassicurai.

«Per me va bene. Mi rimetto alle vostre decisioni. Sono sicuro che tutto sarà chiarito. Per qualche giorno sparirò dalla circolazione. Sto partendo per Napoli dove devo sistemare alcune cose. Uscirò dal retro senza farmi vedere. La piazza è ancora piena di giornalisti. Con il vostro permesso.»

Ci salutammo e andai via cercando di nascondere il mio profondo disgusto.

LA MORTE DI VAN GOGH

38

Esistono molti modi per uccidere un uomo. La vita si regge su un equilibrio precario, quasi miracoloso, facile da spezzare. Ogni respiro, ogni battito del cuore è una sfida che si rinnova. La sabbia scorre nella clessidra, l'impietosa falce attende. Non ora. Un attimo. Non ora. Un attimo ancora. Non ora.

Uccidere è un'arte. Lo sapeva Ciro Auriemma, soprannominato per questo Van Gogh. Quello che non aveva ancora capito è che la morte è un amante infedele. Una femmina volubile e fatale, che può stare con te e un attimo dopo con il tuo nemico. La morte non vuole padroni, è lei che decide chi è vittima e chi è carnefice. Chi gioca in un campo e chi nell'altro. Chi resta ancora un giorno e chi si mette in viaggio.

Ciro Auriemma si trovava in una sezione speciale del carcere di Sollicciano a Firenze. Un luogo protetto, distinto dalle sezioni ordinarie dove vivevano i detenuti comuni. Lo avevano spostato lì per motivi di sicurezza, dopo che aveva manifestato l'intenzione di collaborare con la giustizia. Gli era stata assegnata una cella singola, ma non era da solo in quell'area. In alcuni momenti della giornata incrociava altri detenuti che si trovavano nella sua stessa condizione. Gli capitava quando andava a mensa per la colazione, il pranzo e la cena. Quando lo portavano a prendere un po' d'aria, oppure quando utilizzava le docce o aveva bisogno di recarsi in infermeria.

Si respirava una strana atmosfera tra quelle mura. I detenuti non si parlavano tra loro. Molti sembravano assenti. Vagavano spaesati nei corridoi. Confusi come se avessero perso identità e punti di riferimento.

Van Gogh li odiava dal profondo dell'anima. Erano la reincarnazione di Giuda ai suoi occhi. Se avesse potuto li avrebbe ammazzati tutti. «Carcere, galera, tomba, trent'anni non mi fanno ombra» si ripeteva mentre osservava i cinque puntini tatuati sulla sua mano. Lui non era come loro. Lui non aveva paura della galera. Si era dovuto mischiare con quella feccia per portare a termine un'importante missione, il sacrificio più grande che gli avessero mai chiesto.

Doveva fingere e lo faceva meglio che poteva, ma il suo sguardo, il suo portamento rimasto fiero lo tradivano in ogni momento. Gli altri se n'erano accorti e facevano di tutto per evitarlo. Non perché avessero paura di lui, in quell'area si sentivano sicuri, ma i suoi occhi riflettevano ancora ciò che erano stati un tempo, e questo poteva essere insopportabile. Abbassavano lo sguardo.

Era un luogo di transito quello. I detenuti non ci rimanevano a lungo. Quando la collaborazione era valutata attendibile, il dichiarante veniva spostato in sedi più sicure, come caserme e alloggi protetti. Ciro Auriemma non aveva ancora convinto del tutto i giudici. C'erano dei lati oscuri nelle sue dichiarazioni e contraddizioni che dovevano essere ancora chiarite, perciò restava in quella specie di limbo. Vedeva passare gente che entrava e usciva dal reparto, ma lui rimaneva lì.

Da qualche giorno era arrivato un calabrese. Un tipo sulla cinquantina, magro, con il viso scavato, i capelli corti non del *tutto imbiancati e la pelle scura. Il nome vero non si conosceva, ma lo chiamavano* 'u chianchieri*: il macellaio.*

Van Gogh lo aveva notato, ma non ci si era soffermato più di tanto. Non aveva nulla di particolare rispetto agli altri. Anzi, sembrava alquanto dimesso. Ben lontano dal poter essere considerato pericoloso. Finché una mattina non incrociò il suo sguardo.

Stava facendo colazione seduto a uno dei lunghi tavoli della sala mensa. Il calabrese era appena uscito dalla linea di distribuzione. Reggeva con entrambe le mani il vassoio con sopra la tazza, i biscotti, un cucchiaio di plastica e i tovaglioli. Quando gli arrivò vicino e poggiò il vassoio sul tavolo, notò che la mano destra era sporca di latte ed era chiusa. Cercò il suo sguardo e capì. Anche lui era diverso dagli altri, gli somigliava. Era un animale della sua stessa specie. Si compiacque di questa consapevolezza solo per un istante. Finché non si accorse che dal proprio collo si alzavano e si abbassavano zampilli di sangue seguendo il ritmo del suo battito cardiaco.

Il macellaio gli aveva reciso la carotide con un taglio netto. La lama affilata l'aveva trovata della tazza del latte appena versato, come gli era stato garantito. Il lavoretto appena concluso fruttava diecimila euro consegnati alla famiglia, più il rinnovato rispetto della 'ndrina di appartenenza. Era stato un buon affare.

Van Gogh provò a fermare con le mani la vita che gli scorreva tra le dita per ricongiungersi alle tante altre che egli stesso aveva interrotto. Servì solo a rallentare di qualche secondo la fine.

Vide gli agenti che si muovevano intorno a lui. Poi qualcuno che gli sembrò il medico. Poi più nulla.

LA FINE DELLA PARTITA

39

Napoli, ristorante sulla collina di Posillipo

Napoli era vestita di Natale, come un presepe allestito per celebrare la rinnovata illusione di una vita migliore. Il giorno prima era stata sferzata da una burrasca che aveva ripulito l'aria. Il cielo era limpido e punteggiato di stelle. La luna si faceva appena intravedere, nascosta dietro la schiena del Vesuvio. Attraverso la vetrata del ristorante la respiravo in tutta la sua bellezza, irripetibile armonia di luci e ombre. Osservando il mare mi ritornò alla mente una celebre canzone di Pino Daniele:

Chi tene 'o mare
s'accorge 'e tutto chello
che succede
po' sta luntano
e te fa' senti
comme coce
chi tene 'o mare 'o ssaje
porta 'na croce.

Quanta verità in quelle parole. Il mare te lo porti dentro, con la sua promessa di verità e di libertà. Più ti allontani e più senti il sapore del sale che pizzica sulle tue labbra. Che ti ricorda che devi tornare. Per rimettere a posto le cose. Per finire la partita.

Don Vincenzo Altieri arrivò alla solita ora, preceduto dallo sfregiato e dall'altro guardaspalle, che diedero un'occhiata alla sala e se ne tornarono fuori. Rimase sorpreso nel vedermi, molto più della volta precedente. Provò a nasconderlo, ma non ci riuscì del tutto.

Si tolse il cappotto e si accomodò al suo tavolo appartato, accompagnato dal proprietario del locale.

Aspettai che si mettesse comodo e lo raggiunsi.

Mi sedetti anch'io.

Non mi sembrò molto contento di quella vicinanza.

«Commissario, non vi aspettavo come ospite stasera. Se volete faccio apparecchiare anche per voi» mi disse senza alcuna convinzione.

«Non vi scomodate, don Vincenzo. Mi trattengo solo qualche minuto. Ci tenevo a dirvi di persona che abbiamo arrestato Gaetano Surace. A Firenze, l'altra sera.»

Gli sembrò strana quella motivazione, e poco credibile.

«Lo sapevo già. Ne hanno parlato tutti i telegiornali e vi ho anche visto di fianco a lui. Non c'era bisogno di scomodarvi. Comunque, apprezzo il vostro gesto e mi fa piacere che sia finito tutto.»

«E chi l'ha detto che è finito tutto?» gli chiesi, guardandolo dritto negli occhi.

Accusò il colpo. Fece un cenno al cameriere che si avvicinò. Non c'era molta gente nella sala. Era ancora presto. La serata era appena agli inizi.

«Porta una bottiglia di prosecco e un altro bicchiere» ordinò.

Lo fermai subito. «Vi ringrazio, ma stasera non bevo.»

«Va bene, dottore. Come preferite. Porta solo la bottiglia allora.»

Il cameriere si allontanò.

«Lo sapete che hanno ammazzato Ciro Auriemma in carcere. Un calabrese che si è finto pentito lo ha scannato come un capretto.»

Lui non disse nulla.

«Come? Non vi dice nulla questo nome? Forse lo conoscete come Van Gogh?»

«Non so di cosa state parlando, commissario.»

«Ah no? Vedete? Allora ho fatto bene a venire a dirvelo di persona. Ho pensato che la notizia vi avrebbe fatto piacere, visto che poco prima di essere ucciso, aveva confessato ai giudici di aver ammazzato vostro figlio dieci anni fa.»

Il suo volto divenne teso e lo sguardo cattivo.

«Allora ha avuto quello che si meritava» affermò a denti stretti.

«In effetti non siete l'unico a pensarla così. Con lo scherzetto dei container mischiati si era fatto un bel po' di nemici. Su quel carico avevano investito in tanti. Ma voi questo lo sapete già.»

Arrivò il cameriere. Stappò la bottiglia, versò le bollicine nel flûte e aspettò l'assaggio. Poi sistemò il prosecco nel secchiello con il ghiaccio e andò via.

Altieri riprese la conversazione cercando di liberarsi di me.

«Avete altre notizie da darmi? Altrimenti... se avete finito, avrei un po' di fame stasera.»

«Che ci facevate all'hotel Gaudio la sera che è stato ucciso Marco Romoli?» gli chiesi a bruciapelo.

Di fronte al suo silenzio, continuai.

«Lo so, avete usato un documento falso. Ma la foto era la vostra. È stato fotocopiato quando lo avete presentato per prendere la camera» aggiunsi.

«Mi volete arrestare per aver usato un documento falso, commissario? Siete venuto dalla Toscana fino a Napoli per questo?» rilanciò, cercando di dimostrare che aveva ancora il controllo della situazione.

«Non è previsto l'arresto per questo reato, don Vincenzo. Ma per essere stato il mandante dell'omicidio di Marco Romoli, sì.»

«È di questo che mi volete accusare? Perciò siete venuto fin qui? E perché lo avrei fatto uccidere questo signore, se nemmeno lo conoscevo?»

«Ora ve lo spiego. Voi sapevate da tempo che era stato Gaetano Surace a ordinare l'agguato a vostro figlio. Da quel giorno avete vissuto solo per vendicarlo, ma non riuscivate a trovarlo. Quando avete avuto la soffiata che era malato e si stava facendo curare da un bravo oncologo dalle parti di Firenze, vi siete messo all'opera per capire chi era questo medico, convinto che lui vi avrebbe portato al cospetto del vostro nemico giurato. Avete dato ordine ai vostri scagnozzi di torturarlo per costringerlo a dire dove si nascondeva il boss. Ma lui non lo sapeva. Perché Ciro Auriemma gli faceva mettere un cappuccio quando lo andava a prendere in albergo per accompagnarlo dal suo capo. Lo hanno ucciso inutilmente.»

«Certo che avete una bella fantasia. Vi faccio i miei complimenti. Visto che vi hanno cacciato dalla polizia, potreste mettervi a fare lo scrittore.»

Si girò istintivamente verso la porta e vide quattro facce nuove. Erano Bini, *Ciondolo* e due della Mobile di Napoli. Capì che era finita sul serio.

«Stanno con me, don Vincenzo. Vedete, non mi hanno ancora cacciato dalla polizia. Se state cercando i vostri guardaspalle li ritroverete in questura più tardi. Sono stati arrestati quali esecutori materiali dell'omicidio. Per fermare l'auto dove viaggiava Romoli, gli hanno tagliato la strada e sono stati tamponati. Abbiamo trovato i pezzi del fanale posteriore sinistro per terra. Abbiamo controllato tutti gli autovelox della zona. Uno di questi, proprio la sera dell'omicidio, aveva fotografato una Mercedes con lo stesso fanale rotto. L'auto era nera, proprio come la vernice trovata sul paraurti della BMW di Romoli, ed era stata presa a noleggio a Napoli il giorno prima. Con un documento falso, ovviamente. Abbiamo pensato che poteva essere solo una coincidenza. Però, per scrupolo, ci siamo chiesti: mettiamo che erano proprio i killer di Romoli, dove sarebbero potuti andare per festeggiare l'omicidio? E così ci siamo accorti che poco più avanti c'era il night club "L'anatra pazza". Siccome ci eravamo stati per un controllo e avevamo acquisito le immagini della telecamera di sorveglianza all'ingresso, abbiamo pensato: ma tu vuoi vedere che ci troviamo anche i due che hanno torturato e ucciso il medico? E così è stato. Lo sfregiato lo abbiamo riconosciuto subito. L'altro poco dopo. Che dite, don Vincenzo, può bastare? Il giudice ha detto di sì. Voi come la pensate?» gli chiesi ironicamente.

«Io vi ho sempre rispettato, dottore Casabona. Però, permettetemi di dirvi che non vi capisco. Avete preso troppo a cuore una questione nostra, un fatto di giustizia che riguardava solo noi. Non vi dovevate impicciare» provò a giustificarsi il vecchio boss.

«Anche io vi ho sempre rispettato, don Vincenzo, ma questa volta vi sbagliate. Se era un fatto di giustizia, la questione è nostra. Perché esiste una sola giustizia in questo Paese e viene amministrata dallo Stato. Che vi piaccia o no. Lo Stato, per il quale lavoro, non tratta, non riconosce altre leggi e altri tribunali.»

Don Vincenzo Altieri capì che la partita era chiusa e trattò una resa onorevole.

Buttò giù l'ultimo sorso di prosecco.

«Possiamo anche uscire insieme tranquillamente. Non è necessario fare sceneggiate qua dentro. Almeno su questo, spero che la pensiamo allo stesso modo.»

«Certamente. Su questo la penso come voi, don Vincenzo. Non è necessario.» Mi alzai. «Dopo di voi» gli dissi cedendogli il passo verso l'uscita.

Feci cenno a Bini di allontanarsi con tutto il gruppo e aspettarmi fuori.

NIENTE È COME PRIMA

40

L'arresto di Vincenzo Altieri chiuse definitivamente la partita. Anche gli assassini di Marco Romoli avevano un nome e questo mi scagionava definitivamente, allontanando da me ogni sospetto. Rimanevano gli schizzi del fango che mi era stato riversato addosso. Quelli non erano facili da pulire. Eppure, la Procura Distrettuale Antimafia di Firenze, d'accordo con il questore di Valdenza e i vertici romani, riuscirono a trovare la soluzione giusta per tutti: mi fecero passare per un agente sotto copertura.

Appresi dai giornali che ero riuscito a catturare il super boss latitante Gaetano Surace e gli assassini del dottor Marco Romoli infiltrandomi nelle organizzazioni criminali napoletane. Questo piano, che si era dimostrato di grande efficacia, era stato ideato da loro e prevedeva necessariamente finte accuse a mio carico. Tutto aveva funzionato alla perfezione.

Ero seduto a un tavolino del caffè Gambrinus in via Chiaia e stavo facendo colazione mentre leggevo questa storia che mi dipingeva come una specie di James Bond in salsa napoletana. Non sapevo se ridere o piangere. Nell'indecisione ordinai un'altra sfogliatella riccia e non ci pensai più.

Sentii vibrare il mio cellulare, quello che pensavo di aver

perso definitivamente dopo averlo abbandonato sul treno per Milano, e invece mi era stato riconsegnato insieme alla scheda telefonica.

Era Barbara Melani. Anche lei aveva saputo che non ero un pericoloso criminale ma un superpoliziotto sotto copertura e voleva farmi i complimenti. Li accettai. Poi mi disse che, anche se la sua mente aveva avuto un attimo di smarrimento, il suo cuore non aveva mai smesso di amarmi. Mi aveva pensato sempre e sapeva che poteva fidarsi di me. Anche in questo caso, non sapevo se ridere o piangere. Nell'indecisione, siccome non potevo ordinare altre sfogliatelle senza andare in coma diabetico, la mandai affanculo. Lei mi salutò con uno "stronzo" che le usciva dall'anima. Lo apprezzai molto. Nulla inorgoglisce un uomo più dell'addio di una donna siglato con la parola "stronzo". Al contrario di quello che potrebbe sembrare, è un complimento. Esprime una dichiarazione di resa con rammarico. «Ti offendo perché non posso averti, ma soffro per questo». Ecco cosa significa.

Quel giorno rimasi a pranzo dal mio amico Giovanni Luongo. Gli raccontai come era finita la storia. Glielo dovevo per tutto quello che aveva fatto per me.

Mi chiamò anche Francesca. Era a Napoli con i ragazzi del liceo dove insegnava. Erano in gita per visitare San Gregorio Armeno, la famosa strada del centro storico dove si trovano le botteghe artigiane dei presepi. Sarebbero rimasti per la notte. Mi chiese se mi andava di cenare insieme. La cosa non aveva senso ma, poiché avevo sempre pensato che fosse meglio convivere con il rimorso piuttosto che con il rimpianto, accettai. Ci sarebbe stato tempo per pentirsene, in tal caso.

Decidemmo di evitare i locali alla moda con vista sul golfo

e ce ne andammo dal mio vecchio amico Giorgio, nel suo ristorante "Basilio" a Pianura, un quartiere della periferia occidentale a sud della collina dei Camaldoli. Certo, non era una delle zone migliori della città, ma anche quella era Napoli. Per certi versi più vera della cartolina patinata di Posillipo.

Lì respiravo aria di casa. Lo frequentavo molto quando lavoravo e abitavo in città.

Giorgio ci accolse con il calore che si riserva a chi si vuole bene. Prese la comanda, la portò in cucina e poi rimase un po' con noi a parlare. Era il solito vulcano di idee. A causa di alcuni cambiamenti negli accordi commerciali tra l'Italia e il Brasile, era stato costretto a chiudere l'azienda che importava polpa di granchio da quel paese. Se ne rammaricava perché ci faceva un buon guadagno, ma non si dava per vinto. Stava lavorando a un nuovo progetto: la commercializzazione della sua pizza, precotta e surgelata. Non fece in tempo a spiegarci i dettagli perché arrivò l'insalata di mare che avevamo chiesto come antipasto. Ci lasciò soli e tornò a occuparsi della sala.

All'inizio, ci furono momenti di imbarazzo tra me e Francesca ma, nel complesso, passammo una serata tranquilla. Non eravamo le stesse persone di qualche mese prima e nemmeno fingemmo di esserlo. Le cose accadute ci avevano cambiato, però entrambi sentivamo l'esigenza di rimettere in piedi un rapporto. Raccogliendo i cocci di quello che era andato in frantumi.

«Sai, Tommaso? Sono stata bene stasera. Mi è sembrato tutto normale, come se non fosse successo nulla tra noi. Anche se so bene che non è così. Ciò che è stato è stato, non si può tornare indietro. Purtroppo» mi confessò, con un pizzico di amarezza, mentre sorseggiavamo l'ottimo limoncello che

Giorgio preparava personalmente facendosi arrivare i limoni da Sorrento.

«Non l'ho pensato nemmeno per un momento. Illudersi di tornare indietro e far finta che non sia successo nulla non serve a niente. Piuttosto, credo che dovremmo provare ad andare avanti, trovando il modo per lasciarci tutto alle spalle. Per i nostri figli, per tutto quello che c'è stato tra noi.»

«E come si fa? Lo dici come se fosse possibile. Sono cose che non si dimenticano queste. Restano dentro, nascoste nell'ombra. Alla prima occasione di scontro tornerebbero a galla e mi rinfacceresti tutto. È inutile illudersi, non sarà mai più come prima» mi disse.

Aveva ragione, ma valeva la pena fare un tentativo. In fondo, anche io sapevo di non essere un santo. Ero stato solo più capace di lei a nascondermi quando mi ero smarrito. La vita spesso è un mare in tempesta e noi siamo barche leggere. Troppo leggere per tenere la rotta.

Cercai di rassicurarla.

«Niente è come prima. Tutto cambia intorno a noi. Ogni giorno, ogni ora, ogni momento. Solo che facciamo finta di non accorgercene. Per non essere costretti ad ammettere che si muore tante volte, pur restando vivi.»

Ringraziamenti

Questo romanzo è dedicato a tutte le vittime della giustizia. A chi ha pagato un prezzo altissimo per fatti che non aveva commesso e per colpe che non aveva. A iniziare da Enzo Tortora. La sua triste storia ha ispirato alcuni passaggi fondamentali di questo libro. Per esempio, questo brano della requisitoria del pubblico ministero che rappresentava l'accusa nel processo a suo carico: «*Lo sappiamo tutti purtroppo che se cade la posizione di Enzo Tortora si discredita tutta l'istruttoria, questo lo sa Tortora ma lo sanno anche coloro che mandano i vari compagni a immolarsi su questo altare per potere screditare questa accusa*». Vi dice niente?

Nessuno si sorprenda del fatto che sia proprio uno come me, che ha lavorato per anni e continua a lavorare nel complesso "sistema giustizia", ad affrontare in modo critico un argomento del genere. Lo faccio nella consapevolezza che per ogni magistrato, poliziotto o carabiniere che ha sbagliato ce ne sono state altre migliaia che hanno fatto il loro dovere fino in fondo, anche a costo del sacrificio della vita. Un corpo sano sa vedere la malattia quando si manifesta in modo da combatterla nel modo migliore prima che diventi cronica. Nella convinzione che, in uno Stato civile e democratico, questa Giustizia, per quanto in alcuni rari casi possa essere fallace, è l'unica possibile.

FSC
www.fsc.org
MISTO
Carta da fonti gestite
in maniera responsabile
FSC® C115118

Stampato presso Elcograf S.p.A.
Stabilimento di Cles